最年华：“我的同学我的班”

卞庆奎 主编

——★忆往昔峥嵘岁月稠，
恰同学少年，风华正茂…

同学是不解的缘，
同学是无欲的爱，
我们是今生永远的同学！

全国百佳图书出版单位
时代出版传媒股份有限公司
安徽人民出版社

图书在版编目（CIP）数据

我的同学我的班 / 卞庆奎主编 . -- 合肥 : 安徽人民出版社 , 2012.11
ISBN 978-7-212-05951-4

Ⅰ . ①我… Ⅱ . ①卞… Ⅲ . ①散文集－中国－当代 Ⅳ . ① I267

中国版本图书馆 CIP 数据核字 (2012) 第 280233 号

最年华

我的同学我的班

主　　编 | 卞庆奎
出 版 人 | 胡正义
选题策划 | 王其芳
责任编辑 | 王其芳　姚良良
责任印制 | 刘　银
版式设计 | 周志梅

出　　版 | 时代出版传媒股份有限公司　http://www.press-mart.com
安徽人民出版社　http://www.ahpeople.com
合肥市政务文化新区翡翠路 1118 号出版传媒广场 8 楼
邮编：230071
发　　行 | 北京时代华文书局有限公司
北京市东城区安定门外大街 138 号皇城国际大厦 A 座 8 楼
邮编：100011　电话：010 - 64267120　010 - 64267397
印　　刷 | 北京正和鼎业印刷技术有限公司
（如发现印装质量问题，影响阅读，请与印刷厂联系调换）

开　　本 | 700×1000　1/16
印　　张 | 12.5
版　　次 | 2013 年 1 月第 1 版　　2013 年 1 月第 1 次印刷
书　　号 | ISBN 978-7-212-05951-4
定　　价 | 25.00 元

写在前面

同学，这是一个再熟悉不过的字眼了，我们每个人在成长过程中都会有这样那样的同学。

小时候，我们在家听父母的，在学校听老师的。同学基本上是在同一学校学习的关系，同学之间的交往或者玩乐，都是兴趣使然。但是，在中学阶段就发生了变化，“同学”一词有了更多的意义，不仅一起学，还一起交流喜怒哀乐，谈心里话，不再只顾着玩了，彼此之间互经认同、信任，获得安慰和经验等。

良好的同学关系，特别是男女生之间的正常交往，有助于我们的学习及各方面的成长进步；否则，就会造成孤独、内向、自卑的心理状态，长此以往，我们不仅在学业、交往等方面受到影响，更影响到我们人格的良好发展。当然，由于每个人的成长环境、兴趣爱好不尽相同，同学之间存在矛盾和不和谐的现象也是不可避免的，这就需要我们能互相理解和悦纳。

本书收录的稿件，都是反映校园同学之间发生的种种愉快或不愉快的故事，真实生动，可读性强。特别是不少同学能主动与性格各异的同学交流，化解矛盾，握手言和，更是值得中学生朋友借鉴。

目录
Contents

球迷同桌

吴利君

得罪了这小子自然没好果子吃。这不，他锁了我进入座位的通道（我的位置居中），并以“空中打击”相威胁，我只好天天绕道而行。

严格说，我和明不能叫同桌。我们各一张小桌，只因是并排着，所以仍沿用“同桌”二字。

我们的前排有两个与明臭味相投的“球迷哥们”。除了上课时间外，他们不是在球场上尽情厮杀，便是凑到桌子旁“英超”“意甲”“马拉多纳”之类，兴致勃勃地大侃特侃，我自然成了噪音的最大受害者。这还不算，有时谈到兴致极高处，或者争得面红耳赤时，明便爬上桌子大喊大叫。一次，忍无可忍的我和他吵翻了，结果“大路朝天，各占一边”。我的东西保证不越过他的“领地”，他也别想碰到我的桌子。我们桌子之间的空隙俨然成了一条“三八线”。

其实，对于此事他起初也不干，还振振有词地说，他男子汉大丈夫不跟女孩子一般见识。但是，当我动了真格，将他滑落到我桌子上的罗纳尔多照片没收，他索要无门之后，终于恶狠狠地晃了晃拳头，扬言要对我进行“防守反击”。

得罪了这小子自然没好果子吃。这不，他锁了我进入座位的通道（我的位置居中），并以“空中打击”相威胁，我只好天天绕道而行。一次，我的橡皮擦鬼使神差般地滚到了他的“禁区”，被他换回了“罗纳尔多”。

“都怪我心太软，要不就……”他几次指着我无意中超过“三八线”的手臂，另一只手则晃着雪亮的圆规假惺惺地说：“按道理是‘以其人之道，还治其人之身’的，何况像足球场上那样可没这么多的黄牌警告，只不过我好男不跟女斗罢了。”如此恶人先告状，真令人又气又恨。

不过让他威风扫地的日子还在后头呢，真是天意。我们两张桌子看起来泾渭分明，桌腿上却没装横挡。一次上课，老师见他睡眼蒙眬，便有意让他起立回答问题。一不留意，他脚下的足球竟滚到了我的桌底。

这下他可傻了眼，他一下子又是姑奶奶，又是大姐大，又发毒誓，又下赌注，“就差点儿没给跪下”（他自己说的）——我依然无动于衷，不把球还给他，因为下午我们班两个男寝室有场准备已久的球赛，是他早就日思夜想的，更何况他本来就视球如命呢！我要好好地为难他。“好，真个‘最毒不过妇人心’呐！”他终于咬着牙把桌子拉得远远的，“咱们井水不犯河水！”看他如此忍让的样子，我真有点儿于心不忍，差点儿把球还给他了。

谁料，这竟是他设的“美丽”的圈套。下课后，我见他的桌子拉得远远的，估计犯不着他的桌子，便得意洋洋，无拘无束起来，桌子上的小说半悬在空中，我仍旧看得津津有味。正当我肆无忌惮地做着这一切的时候，耳边响起了几声干笑：“喂，你的书‘越位’啦！”原来，不知什么时候他的书桌已悄然靠近了我的书桌。我那半悬的小说书自然因犯规而成了他的囊中之物了。“这叫设‘越位陷阱’，懂吗？”他“嘿嘿”地冷笑着：“识相的拿球来换，否则你的书将被五马分尸！”看着心爱的书被他用力地拉扯着，心痛的我只好委曲求全，球又滚回了他的脚下。

不过在此之后，我再也没提“三八线”的事了，他大喊大叫的习惯也收敛了许多。据说，他们已将讨论足球的地点移向了寝室。

聊天室

因为青春年少，因为年轻幼稚，同学之间发生正面“冲突”是很正常的事。只要大家都能换位思考，相互体谅，我想这些小摩擦肯定会越来越少。不过，话又说回来，同学之间不发生点故事或者缺少了“打打闹闹”，是否又显得单调乏味了呢？

临时同桌

流星雨

一进门便遭到了一架“飞机”的袭击，扔“飞机”的那个人忙起来说“对不起”，但却是满脸嬉笑，有点儿痞味，也可以说是玩世不恭。

一转眼已到了期末考试了，初一和初二年级插班考试。我——一名初一女生带着些许慌乱来到初二（1）班。一进门便遭到了一架“飞机”的袭击，扔“飞机”的那个人忙起来说“对不起”，但却是满脸嬉笑，有点儿痞味，也可以说是玩世不恭。算了吧，我也不想计较，因为我心中正紧张着考试呢。“……43，44，45，对了，就是这。”我按着考号，找到我的座位，坐了下来。打量打量我的同桌，虽是一个男生，但却一脸的老实相。听老师说二年级的交际能力强，没话也会找上话来，而初一和初二所学的知识差不多，小心当了人家的作弊工具。我向来讨厌被别人利用，也不想利用谁。正想着，一个同样戴“二饼”的女老师指着我同桌的那一排，尖声地说：“这一排得调一下。都往后错一位置上来。”在有序的移动中，我的新同桌在我身边坐下了，我们对视一眼，是他，那个用“飞机”袭击我的人。唉，看他那一脸无知而又嬉皮笑脸的样子，肯定是那种会从初一学生身上投机取巧的人。

“嘿，我叫波。”

“我叫雨。”

我本不想与他说话，幸而老师发下卷子来，我也就奋笔疾书了。考试中，波没有问我题目反而做出大义凛然状，显出无所畏惧的表情。考后，待在初二的班里休息，波也就和我聊了起来。起初只是谈“你们班谁学习好”之类的话题，慢慢地，话题开始活跃了。波说："有一次考地理，一道填图题上让填写这是哪一个洋，你猜我是怎么写的？"我说："肯定不是大西洋、太平洋之类的。""对了，我填的是'藏绵洋'（羊）。""啊，你太'牛'了。""那当然了，不过，少不了挨顿'K'，"他一面讲，一面指了指对面的女生说，"人家更'牛'，卷子上写着'世界人种有没有优劣之分？'本应答'没有'，但她却写成'煤油'，可笑不可笑？"被他一逗我也忍不住哈哈大笑起来，这下可让我同班的"淑女"们大跌眼镜，我们的"头儿"怎么了？我可管不了那么多，越来越放肆，越谈越离谱，以至于下一场考试，我都忍不住想笑。此后，课间和考试前的空余时间便成了我们谈天说地的时间。渐渐地，我觉得和他所谈的内容比我与女生之间谈的内容要丰富得多，他所告诉我的一切都是我的女友所不能给予的，这不仅仅因为他是男生，更重要的是他是一个头脑灵活、胆大的"坏"男孩，也就是家长和老师常说的"不三不四"的男生。但他又不完全是这样，他属于一种另类。

欢笑过去后，我不免问他几个严肃的问题："你的脑子这么好，为什么不用在学习上呢？"他没有直接回答："可以说人各有志，我常常劝说别人，那时态度十分坚定，但一想到自己就经常对自己的誓言反悔。我也想要优秀，但你们'上层社会'的压迫使我受不了，你不觉得吗？你也不要太看重成绩，"波接着说，"试着去找一些失败，找找不足，看看自己有多大的承受能力，你会变得成熟。"他说的话成熟中透着几分幼稚，虽不是什么至理名言，但格外的意味深长。

这几天的考试，我的主科都十分理想，但有一门副科考坏了，使我被拒之年级前5名之外。但我不遗憾，也不懊恼。我觉得生活平静了许多，视野开阔了许多，我知道，那是波的话对我起的作用。

漫长的暑假开始了，我想不会再看见波了。也许开学后我们会相见，也许那时他会忘了我，但我不会忘了在那些紧张的日子里他带给我的欢笑。

聊天室

看上去很"野"的男生，其实还是蛮有趣的，有了异性同学相伴的日子丰富而多彩，这是与同性同学的交流中无法获得的。看来结交一些异性朋友显然正常而必需。

走向“和平”

佚名

一桶脏水从天而降，不偏不倚泼了我一身，一条脏兮兮的布落定在我飘逸柔顺的长发上。我僵在原地，脑中霎时一片空白，只听得周围爆发出一阵笑声。当时，我恨不能扒那个肇事者的皮！

今天，像往常一样换位置，我抱着大堆的书，努力睁开惺忪的眼睛，一步三摇地挪往新位置。“早上好！”突然，一张男孩脸部大特写展现在我面前。我吓了一跳，顿时睡意全消。“咦，你怎么又坐到我前面了？”看着他乱七八糟地把一堆书往桌肚里塞，我不解地问。“喂，我荣归故里，你怎么一点儿没有感动啊！”男孩一脸不服气。“感动？！你最好在我面前消失，那样我最感动。”我不屑地瞥了他一眼，顿见他满脸怒气，几乎快要达到“怒发冲冠”的境界了。

男孩名叫军，高一上半学期曾坐在我前面。后来被“遣离故土”，这次不知是何缘故又被“重新调回”。从同桌慧那里获悉，原来这小子上课总和坐在附近的同学“交流感情”，以致任课老师纷纷向班主任提出抗议，于是就有了今天这一幕。

军在我们班也算小有名气，数理化一流，又长得一表人材。1.80米的身高，俊朗的脸上戴着副银边眼镜，看上去斯文儒雅，再加上他天生皮肤白皙，一笑便露出小虎牙来，真会让人以为他是那种很乖、很听话、很勤奋好学的男孩。可偏偏“人不可貌相”，想想他以前的“光荣历史”：上课不是和同桌“热烈讨论问题”就是在下面偷窥《电子游戏软件》；或是在纸上给老师画像。他倒不怕老师三番五次教导，我却被他影响得无法认真听课，几次向他抗议都无济于事，到后来两人一开口便是大眼瞪小眼，我的同桌慧以前常祈祷会出现奇迹，奇迹果真出现，军被调走了……可是，唉，这次他又“荣归故里”，看来我的前途大为不妙。

果然……

周五是每周例行的大扫除。我负责擦窗，这倒是份轻松的活儿，一会儿便顺利完成任务。洗完手，我美滋滋地计划着放学后要去买“911乐队”的卡带，恍惚间我似乎看见了主唱Lee 那迷人的笑脸。“Party People! Hyoids Friday night! ”我轻快地哼着歌，一蹦一跳地踏上楼梯。“小心点！”有人在楼上喊，我迷惑地一抬头，一桶脏水从天而降，不偏不倚泼了我一身，一条脏兮兮的布落定在我飘逸柔顺的长发上。我僵在原地，脑中霎时一片空白，只听得周围爆发出一阵笑声。当时，我恨不能扒那个肇事者的皮!

“对不起！对不起！”楼上匆匆奔下一个男孩。定睛一看，哼哼，是军？！我冷冷地凝视他，看他有什么说。军看到受害者是我，显然大吃一惊，呆呆地睁大眼睛，不知道说什么好的样子。“你很得意啊！”我愤怒地把抹布扔向他。

又是周一，我刚迈进教室便看见军像做错事的小孩子般低着头，静静地、乖乖地在看外语。见我进来了，他慌乱抬起头，嗫嚅着想说些什么，这时铃声响了。

物理老师在讲台上讲解着一道深奥的习题，黑板上满是冰冷冷的密密麻麻的公式，头晕眼花的我把视线转向了窗外。9月的校园很美丽，温暖的阳光透过银杏树小巧的树叶倾泻在课桌上，在桌面上落下点点形状奇怪的光斑。空气中飘来淡淡的、若有若无的桂花香，让人有点儿醺醺然了。瞄了一眼军，难得他这么安静，正聚精会神地在听课。阳光照得他本来就白皙的脸庞仿佛透明的一般。好像有所觉察，军转过头来冲我笑笑，一时我心中释然，冲他做了个鬼脸……

“我们和解吧！”放学回家路上冷不丁身旁冒出个人，没头没脑地脱口一句，不用想也知道那家伙是谁，“好啊！不过有个条件，你先得在全班同学面前向我说一百遍‘对不起，我错了’。”我傲气地看了他一眼，期待他像往常一样火冒三丈。“有没有别的选择？”军抓抓头发，为难地开口。“随便你。”我昂首挺胸向前走。“可是，我也有自尊，那太丢脸了。”军急急地赶上来，挡在我面前。“你搞清楚，又不是我提出要和解。”“奈何奈何。”军垂头丧气，一副认命的可怜模样。“喂！你信不信我会揍你……”他突然抬起头喊了一句，脸上却是一副笑模样。

夕阳金黄的余晖把我们的背影拉得很长。我知道，明天将是崭新的一天。

后来呢？后来嘛，我和军总算和平共处了。我们常常在一起兴致勃勃地谈《灌篮高手》，我说流川枫真帅，他却嚷嚷樱木花道球技一流才算厉害；有时军还会向我们炫耀他打电玩时的高超本领。他的目标宏大，是要成为像比尔·盖茨一样的电脑大玩家；还有他上课也认真了许多，因为我们打赌谁考试输给对方，就要请客吃棒棒糖。不过，慧却说她还是怀念我和军以前短兵相接、天天世界大战的热闹情景……

聊天室

中学生活之所以让人留恋，是因为同学之间有说有笑，有斗有和。这无疑给原本枯燥的学习生活带来无穷的乐趣。当然，同学之间的玩闹也有个度，否则会物极必反。

同桌的你

王雨男

"哎，借我一支笔！""哎，借我一下习题本！""哎，给我两页草纸！""说两面就给两页，真实惠！"……这样的话每天不少于十回八回，每节课也不止一次两次。而我，迫于他的强大的身体优势外加面子问题，只好哑巴吃黄连——有苦说不出！

同桌枫是一个高大、帅气的大男生。外形酷似林志颖，还微微长着一点儿胡子，看起来蛮有一丝小男子汉的味道。他是公认的帅哥儿，我却是个丑小鸭，脸上布满显示青春的小痘痘，头上长着野火烧不尽的黄头发，可是本小姐天生不知道什么叫自卑，我最信奉的就是大画家徐悲鸿的那句名言：人不可有傲气，但不可无傲骨！别的女生非常羡慕我能与"大众情人"一座，可我却讨厌死了这位帅哥同桌。

"哎，借我一支笔！""哎，借我一下习题本！""哎，给我两页草纸！""说两面就给两页，真实惠！"……这样的话每天不少于十回八回，每节课也不止一次两次。而我，迫于他的强大的身体优势外加面子问题，只好哑巴吃黄连——有苦说不出！

一日，在音乐课上，我的帅哥同桌诗性大发，竟然做了一首五言律诗。自己吟来念去，洋洋得意！为了进一步验证自己的实力，便碰了我一下，低声说："喂！看看本大诗人的佳作如何？"Oh,my God！音乐课上他也敢说话！你可知道，我们这位音乐老师，你别看她身材纤细，嗓音甜美，柔柔弱弱，一副楚楚可人的模样，殊不知她是排位靠前的"名捕"，发起脾气来不亚于火山爆发！谁敢在她的课上说话？无奈，身边这位仁兄又死活不饶我。我点头。不行！我来个书面表达。还是不行！罢！罢！罢！为了赢得片刻的安宁，我只好用手捂住嘴，做好掩饰工作，用低得不能再低的声音说了一个字“好”！偏偏我的运气儿如此的背。正在他得意洋洋、自我陶醉，我如释重负之时，“王梦雨，你站起来！”音乐老师那两道弯弯的柳叶眉已经明显呈上升趋势，那双圆圆的杏核眼更圆了！无须解释，无须辩解，一切都是徒劳的，只会更糟！让我在这么多人面前罚站有生以来还是第一次，真是丢死人了！我感到我的脸滚烫滚烫的，我低着头，眼睛却什么也看不到，心里不停地在咒骂：都怪你，都怪你！讨厌鬼，倒霉蛋儿！好不容易挨到下课，我跌坐在椅子上，有气无力。这个没心没肺的“坏同桌”早就跑得无影无踪了。我刚刚趴在桌子上想休息一下，只听“咚咚咚”的跑步声，我抬起头，只见同桌气喘吁吁地站在我面前，我皱着眉头，心想：又搞什么鬼？他瞪着圆圆的大眼睛，怯怯地问我：“他们说你哭了，真的吗？”那一刻，我真的被感动了，不为别的，只为那神情，那语气。那一刻，我看到了他的真情与关心。我笑着摇摇头。他立刻又恢复了老样子，拍拍胸脯十分自豪地说：“我说我的同桌不会那么脆弱嘛！”好家伙，他倒神气起来了！哼！

说真的，我还真该谢谢音乐老师，因为从此以后，我和他的关系缓和了许多，而且越来越和谐了。

他喜欢唱歌，也很有音乐天赋。每天的自习课他都一首接一首地唱，全部都是林志颖的歌。我很喜欢听，也很喜欢唱，尽管我五音不全，总是走调儿，但他从不笑我，还十分耐心地教我，鼓励我。像一个小老师，又像一个大哥哥。

他受伤了。我没问他为什么，只是默默地帮他做些事。倒是他自己先开口了。他指着手上的伤疤问我：“你知道这是怎么弄的吗？”我摇摇头。他苦笑了一下，那样子令我迷惑：一副曾经沧海的样子。“我跟别人打架了。”看着伤疤，他自嘲地笑了笑，仿佛受伤的是别人。我惊恐地望着他。他看了我一眼：“别害怕。其实我也不想打架，以后再也不会了！”看着同桌受伤的样子，心中突然有种刺痛的感觉。

同桌要走了，要回到他父母那儿去。这之前他并没有告诉我。在一个星光灿烂的晚自习课上班主任宣布这一消息时，我的脑子一片空白，真的！我原以为我会很高兴。没有这个“讨厌”的同桌，我会少很多麻烦，可是我真的很难过。两年半的同桌，那种默契的同桌之情早已悄无声息地在不知不觉中生长，并且根深蒂固。我这才知道平平凡凡才是真，没有他，谁会在我不开心的时候逗我笑，谁会在我耳边一首一首地唱那动听的歌儿，谁会与我一同谈天说地侃大山，谁会……他低着头，泪水在眼圈里转。他是从来不哭的，更何况“男儿有泪不轻弹”。我忍不住那酸涩的泪水，让它在心里尽情地流。我不要用泪水为他送行。

放学后，他默默地收拾着书本，突然，他说：“我为你唱最后一首歌吧。”我使劲地点点头，心里却在流泪。他轻轻地深情地唱起了那首《同桌的你》。他是用情、用心在唱，我也是用情、用心在听。

他真的走了，我没去送他。但我在心里真诚地祝福他：祝你一路顺风！我只能这样默默地祝福他。那一夜，我第一次失眠了。

聊天室

有些男孩看上去风风火火，大大咧咧，其实，他的心肠还是挺热的，也同样有丰富的感情世界。这也难怪同桌女孩为他心动，为他祝福。

戴眼镜的男生

谢燕纯

我和萧彼此的敌意已演绎到无法挽救的地步。我们几乎是一见面就吵。萧说我声音特别尖刻、刺耳，是男孩绝对受不了的；我骂萧是自大又自恋的家伙，没什么了不起，简直是败坏孔子名声。总之，小至一句话，大至一件鸡毛蒜皮的小事，我们总吵得天翻地覆。

认识萧的时候，大家都是新生，那时我们都是同一部门的。在一次有指导老师亲自到场的会议上，我因班里事务而迟到了，厚着脸皮进场的我伸伸舌头，找了一个位子坐下来。眼光不经意掠过对面，刚好看到坐在对面戴着一副眼镜的男孩子。镜光折射出一双近似冷漠、略带高傲的眼睛。总觉得眼熟，在脑中搜索了好一阵子，才知道曾在路上碰过几次，但并不晓得他的名字。

会议结束后，坐在我身边的平时很八卦的女孩子向我介绍了对面的萧。自那以后，我才知他叫萧，是Y班的，并且知道他是一个很有才气的男孩子，但恃才傲物。嗯！难怪带着一脸的傲！我对自视清高、自以为是的人总是很反感的！对于萧也自然嗤之以鼻！有才气有什么了不起，别人比你厉害不见得和你一样自大，有什么好得意的，不就那么一两下吗？

果然，在萧和别的同学的谈话中，我分明听出那份高傲和自以为是。我本不想多管闲事的。只是那声音听起来特别刺耳，好强的我终于忍不住插嘴，和他对辩起来了，于是，我和萧真正认识了。在一种对立的立场中，一种吵架的形式中。于是，在我眼中，萧是一个恃才傲物、不可一世的家伙；而我在萧的眼中，则是一个不讲理的泼辣女孩子。在和萧对辩的时候，脑海中居然莫名地蹦出一个想法：如果将来哪位成为萧的伴侣的话，这个女孩子肯定是非常角色，谁能受得了萧这位自大又自恋的家伙呢？我也只能双手合十，在心中默默祈祷，默默祝福那个不幸的女孩子。

我和萧彼此的敌意已演绎到无法挽救的地步。我们几乎是一见面就吵。萧说我声音特别尖刻、刺耳，是男孩绝对受不了的；我骂萧是自大又自恋的家伙，没什么了不起，简直是败坏孔子名声。总之，小至一句话，大至一件鸡毛蒜皮的小事，我们总吵得天翻地覆。我们的同学每每看到我俩碰头，就退避三舍。因为他们已经知道，只要我们两个冤家一聚头，无论天气多热多温和，总会有结冰的一刻。

一天，一向不舍秋天晚霞那份安详的我又穿上运动衣，到操场去品味晚霞带给我的温馨。找了个角落坐下来，霞光中的一点亮丽吸引了我的目光。只见一只纤巧的风筝在霞光中轻轻地飞翔，越飞越高。哦！在异地他乡，在凉风习习的霞光中，竟然有人和我一样，喜欢在这诗意的秋天中放风筝！那一刻心中的感动是无法表达的！我就静静地、静静地看着那只风筝轻巧地在空中忽上忽下地飞翔着，直到那只风筝在秋风中徐徐降落并融合在远处的一个白点上。于是，拍拍屁股，我站了起来，我想该是会一下这位知音的时候了。

小跑了一段，定睛一看竟是一袭白衣的萧。看他一身白，而我一身黑——对立！鲜明的对立！只是，此时的我对他竟无怒意，且友善地跟他打了招呼："Hi！放风筝啊？"也许心情太美了，他也卸去平时那种"我本楚狂人"的傲气。笑笑回答："是呀！你也喜欢吗？"并拍拍身旁的位置，示意我坐下。我也大方地坐了下来，于是，我们开始有一句无一句地闲聊起来。我们第一次卸下彼此敌对的盔甲，试着以朋友的心态去看待对方。

我们愉快地、坦诚地交谈着，有时说到好笑之处，两人都会发出会心的笑。他告诉我他许许多多的故事，以及他许多的感叹，而我也敞开心怀跟他侃起来。从谈话中我了解到，其实萧并不那么高傲，其实他也十分好玩，十分需要朋友，其实他内心是十分寂寞的，他说他第一次到外地求学人生地不熟的，且又不擅言谈，不懂得跟别人沟通，久而久之，别人就以为他自视清高。说到

“高傲”二字时，他甚至苦笑了两声。顿时，我内心泛起层层怜惜、层层内疚，想起以前并不了解他的我却给他套上“高傲”的高帽子。只知道跟他吵，吵赢了便认为是最大的胜利者。那一刻我真的是悔恨了，只不过是还没等我表达悔意，天边的乌云告诉我们，该回去了，于是，我们约定第二天放学到原地点放风筝。

手里拿着萧送给我的风筝，我的心情美极了。以前对萧的憎恶一扫而光，取而代之的是一种美丽的向往：我要走近萧，要让他懂得怎样去跟别人相处，让别人明白萧并不是那么高傲。而我，要做萧的好朋友！

那一夜，风很轻，梦也很美。

第二天一放学，我飞似的拿着风筝跑上操场，怕萧久等。可是偌大的一个操场，做运动的健儿很多，却找不到萧的身影。我想，或许早了吧！于是，一边等着萧，一边试着把风筝送上天空。可是努力了许久，风筝就是放不起来。我想起了以前和妈妈放风筝的时候，都是我在前面跑，而妈妈总是在后面托着风筝，等我跑得差不多远的时候，妈妈就放掉风筝。我又想到了萧，或许他来了，风筝才飞得起来吧！于是，我放弃了努力，找了个角落坐下来，静静地等着萧。

操场上的人越来越少了，天色也渐渐暗下来了，可萧却没有来！他会不会忘记，我在心里猜测着。我突然有一种被骗的感觉。萧就是萧，一个高傲自大的萧，而我还妄想去走近他，做他的朋友！或许昨天他只是无聊解解闷，而我却毫不设防地什么都跟他说了。此刻他是不是正在嘲笑幼稚的我，而他是不是一直都是那样的——骗人，但狡猾的眼眸里却写满真诚，让你觉得你是他最值得信任的人。我头痛了，我想，或许萧能解释这一切。

但萧最终还是没有来，那一刻我哭了。我把风筝放在昨天我们谈心的地方，我想还是把它还给它的主人吧！而最终我也替萧找了一个理由：或许他太忙或恰好有事。

萧的才气是无法掩藏的，他在校刊上发表的文章引起了全校师生的关注。而关于他的种种才能和事迹也被很多人传播着，我由于常和他合作，也慢慢被萧身上那份光芒所折服，只是我从不肯在他面前赞他几句。我们依然一见面就吵架，耍嘴皮子，只是因为有了那次“谈心”，大家见面就礼貌多了，有时在路上碰面也打招呼，甚至我心情好的时候，会提醒他要主动跟别人打招呼，别老带着那一身的傲气，事后我又骂自己太三八，多管闲事。

但谁也没有提起那次风筝之约，我碍于面子不说，而萧似乎也没那么回事，依然我行我素，我总觉得萧欠我一个解释，可萧的默然让我伤心。

就在我苦苦等萧的解释时，有女孩向我打听萧的情况，看女孩子眼神中的那份陶醉，并柔柔地说我好喜欢萧那种傲气且酷的男孩子。我心里一酸，竟有点儿讨厌我眼前这位平时很谈得来的女孩子。我给这种感觉找了一个很好的解释：像萧那种男孩子，太不值得女孩子喜欢了！谁喜欢萧，谁都会在我的心中降级!

而以后，每当看到萧和别的女同学一副很谈得来的样子，我的心中总会酸酸的，有时竟有种想哭的冲动。有时在路上遇到萧，竟有点儿想逃的感觉，的确，能够逃我都尽量逃。而另一方面，没有见到他，心中又会想着他。我想或许太久没有跟他吵了，所以不习惯，所以想着他，每次有心酸的感觉，每次想萧的时候，我都找最好的理由给自己。

聊天室

同学间之所以矛盾多多，误解多多，归根结底还是彼此缺少沟通，如果一方主动走近另一方，你就会多一份理解，别人就会多一分关怀。

同桌如风

李美玲

我开始怀疑同桌可能患有“少年多动症”——他动不动瞧瞧这个，摸摸那个，我的东西都成了他的“玩具”。我气得课都顾不上听，直朝他瞪眼，他可不在乎，继续摆弄那些玩意儿，老师突然一声：“李美玲，请你回答一下！”坏了，我什么也没听。

夏天的风总爱顽皮地停在树梢上，捉弄行人，同桌风也不例外，有夏季的风，就会有春风、冬风、秋风。

一日，从同学处得到初中同桌的消息，说他病了。

同桌？哦，就是那个鬈发，皮肤黑黑，特别爱吹口哨的同桌？

初二的第一天，我早早来到教室，坐在座位上哼着：“明天你是否会想起，昨天你写的日记……”想象着同桌的美丽形象：她一定很温柔，有一双会说话的眼睛。等到别的同学都到齐了，我才发觉旁边的座位还空着，可能是姗姗来迟吧。

“报告！”声音脆生生的，一个皮肤黑黑的男生站到了门口，班主任朝他一点头，指着我旁边：“你就坐这儿！”我眼前一黑，差点儿从凳子上跌下来，他就是我恭候多时的同桌吗？之前的美妙幻想全都像肥皂泡一样破灭了。

那黑男生笑嘻嘻地坐到了我旁边：“嘿！我叫风，以后我们就是同桌了！”一咧嘴，我瞧见了两颗长得很不整齐的门牙，再一仔细打量，完完全全一卷毛头，眼睛倒还会“牙牙学语”，嘴巴特小。我又开始了想象：这位兄长，如果将手指放进嘴里，简直活脱脱的一个婴儿。

下午，麻烦来了。我开始怀疑同桌可能患有“少年多动症”——他动不动瞧瞧这个，摸摸那个，我的东西都成了他的“玩具”。我气得课都顾不上听，直朝他瞪眼，他可不在乎，继续摆弄那些玩意儿，老师突然一声：“李美玲，请你回答一下！”坏了，我什么也没听。

“等于98！”同桌轻声提醒我。想不到他这么乐于助人，我感动至极，非常自信：“98！”“咦？怎么会是98，明明是89嘛。”同学们议论开了。我羞得头垂得低低的。正好看见同桌，嘿！他竟冲我狡黠地眨眨眼。真不知我当时是怎么坐下来的，若不是在上课，我非好好“剋”他一顿不可。

一次物理月考成绩下来后，我傻眼了：最擅长物理的我，这次居然落到了十几位。我当时真够脆弱，沮丧地趴到桌上。

忽然一阵口哨声随风飘到耳边。我至今还记得那是一首《水手》，抬头一看，同桌正歪在一旁，用心地吹着，我感慨道：“真羡慕你，整天乐哈哈的，一点儿烦恼也没有，唉！”同桌破天荒地认真起来：“其实我们男生也有烦恼、忧愁，只是不轻易表现出来罢了。听过男儿有泪不轻弹吗？哪像你们女生，碰到芝麻绿豆大的事就哭鼻子！”说完又摆出一副“大男子”形象。我破涕为笑了。

春风呵，善解人意的春风！

冬风倔强、争强好斗。同桌也具有冬风般的性格。

生日到了。自然收到了不少礼物，其中也有同桌的一份。“怎么样？包装精美吧，这可是鄙人的手艺，别人怎么也包不起来！”“我偏不信！”“你如果能包起来的话，哼。行了，一言为定！”我拆下了包装纸，包了拆，拆了包不起来。“包不起来吧？哈哈，你输了！”同桌孩子般地拍起了手……

欢乐的日子总是易逝，转眼中考过去了，我和风同桌了两年，如今就要分开，彼此都不忍割舍那份纯真的友谊。

毕业联欢会上，风重新吹起因中考而被冷落多时的口哨，还是那首《同桌的你》，现在听来才能深解其中淡淡的哀愁，同学们和着曲子轻轻哼唱：“老师们都已想不起，猜不出问题的你……”一曲终了，我感到眼前一片朦胧，再看看其他同学，眼里都噙着晶亮的东西，也包括风在内。我诧异了，夏季里怎么会有伤感的秋风。

毕业后，我和风再没有见面，也未通过信，听人说风那年考得不太好，只是进了一所普通中学。

哦，那个卷毛头、黑皮肤的风，那个爱吹口哨的、孩童般的风，你还好吗？若不是这次意外地得到你的消息，我或许已记不起曾经是同桌的你。

愿风捎去我衷心的祝福：

一帆风顺！

聊天室

男女生同桌一场不能不说是一种缘分。尽管时间不长就要各奔东西，但是同桌间的那份默契、那份快乐却是永远定格在记忆的橱窗里。

美丽的羞辱

梦寒

云竟用鄙夷的眼光看着我，冷冷地说："老师说你基础差，叫我帮你补课。以后每天放学后，你留下我给你补。真是麻烦！这是我的试卷，给你，好好看看。"云鄙夷的表情里还有一种厌恶。她那满分的试卷抛给我时，如同一个慷慨的富人丢一枚硬币给跪在门前的乞丐一样。

初三时，我以微弱的优势勉强进了重点班。重点班高手如云，相比之下我的成绩只能排末尾。我的前桌是个漂亮的女孩，叫云，是我们班的学习委员兼英语科代表，学习成绩优异，尤其是她那一口标准流利的英语，让我佩服得五体投地。我暗自为有这样优秀的邻居而庆幸。

一次英语测验后，云捧着一大堆试卷回到教室。我的心立刻紧张起来，不知这次考得怎么样。云在讲台上叫到我的名字，我匆匆接过试卷一看，39分？！天哪！才39分！我呆若木鸡。

更令我想不到的是，云竟用鄙夷的眼光看着我，冷冷地说："老师说你基础差，叫我帮你补课。 以后每天放学后，你留下我给你补。真是麻烦！这是我的试卷，给你，好好看看。"云鄙夷的表情里还有一种厌恶。她那满分的试卷抛给我时，如同一个慷慨的富人丢一枚硬币给跪在门前的乞丐一样。

男生们开始起哄："哟，这下可有接近校花的机会了。""早知道，我也考个倒数第一呢！"

我愤恨，狠狠瞪了那几个男生两眼，眼睛仿佛喷出了火。我没有接过她的试卷，而是把我的试卷撕得粉碎，然后，不顾一切地奔出教室。

深秋的晚风，吹落一片片枯叶，旋转着飘下。我走在小路中，任泪水奔流，任行人投来惊奇的目光。脑海中，一遍又一遍地闪现着云那鄙夷不屑的冷笑，一直徘徊到夕阳的是后一丝余晖散尽……

此后的日子，我变得冷漠起来，对昔日的好友也无心理睬，一心扑在学习上。我发誓，一定要超过云， 不管付出多大的代价！

……

期中考试，我挤进了前20名。

期末考试，我排在了第五名。云是第二名。

第二学期期中考试，我排第二，云排第三。

只有我自已清楚我到底付出了多少！

一天放学了，我忙于功课，没有离开教室。不知不觉，偌大的教室只剩下了云和我。云走到我身旁。我停下手中的笔，没有抬头。自那件事之后，我几乎不理她了。

“梦寒，我，我知道，我伤害过你。其实我……我不是有意的，你能原谅我吗？”

哼，原谅你？多简单的三个字！当初你那样羞辱我，那样鄙视我，那样刺痛我的心，如今用这样三个字就想一笔勾销，哪有这么简单！

直到毕业，我也没有对她表示任何谅解的意思。

转眼一年过去了，上高一时收到和云同校的韩旭的来信。韩旭说：“云过去曾伤害过你，这使她心里长期不安，难以摆脱。可是你不应该总是怨恨敌视她。她告诉我说，当初你是个很聪明的男孩，只是缺少学习的干劲。那次测试后，云思考了好久，才故意用难听的话激你……看着你学习飞快地进步，云很高兴，本想将真相告诉你，请你原谅，但你却始终没有给她一点机会……”

原来，那一切都是云的安排，而我，而我却痛恨她到如今，在云的面前我扮演了一个多么狭隘而又自私的角色呵！

聊天室

一位女生对男生态度粗鲁，事实上她是在用一种特殊的方式帮助他。一年后，男生总算发现自己误解了对方的好意。男生最好找个适当时机向女孩道歉，致谢，再就是用功学习，我想这是对同学女生的最好答谢。

对面的女孩

晓章

在校门口，一个很酷的骑车女孩横穿过来，一下子把我撞倒在地。我站了起来，等那女孩向我道歉。谁知那女孩“咯咯”地笑了，一点儿道歉的样子都没有。

早晨，我匆匆赶往新学校，谁知越急越出乱子，在校门口，一个很酷的骑车女孩横穿过来，一下子把我撞倒在地。我站了起来，等那女孩向我道歉。谁知那女孩“咯咯”地笑了，一点道歉的样子都没有。我看着表，所剩时间不多，于是无可奈何地骑车而去。但也记住了她的样子。

以为和她这样就完了，没有想到的是，在新班级里，我再次见到她，而且坐在我对面。为了报仇，我把她车子的气全放了。在校门口，我看着她推车，得意地笑了。她也看到了我，于是狠狠地瞪了我一眼，无可奈何地走了。

在班委选举会上，我悄悄地递一张纸条给她：“对面的女孩你那么活泼可爱，我选你当文体委员，只是你的头发太短了，好像刺猬，骑车跟谁赌命一样，一点都没有女生的样子……冉。”她看完纸条，对我笑笑，也递来了一张纸条：“对面的男孩，你那么聪明幽默，我选你当班长，只是你头发太长了，眼睛又太小了……诺。”

那天之后，我们就常常一起讲话，一起讨论许多快乐的话题。晚自习时，我们会点上蜡烛，在昏黄的烛光中，讲述自己的往事和感受。慢慢地我了解到：她喜欢一个大男孩。男孩叫稳，校篮球队前锋，是个不错的男孩，她曾经给稳写过几封情书，她说她喜欢远远地看着稳。这时，我总是静静地听，有时还帮她打听稳的消息。

这样快乐的日子一天天地过去了，她总是给我带来许多笑声，而我也给她带来了许多快乐。混得熟了，我们彼此胡叫乱叫，她叫我“毛毛驴”，我叫她“胖胖猫”。她叫我毛毛驴，是因为她说我的声音像驴叫。我叫她胖胖猫，是因为她可爱得像猫咪，而且又有点儿胖。这样叫她，她说感觉挺好。

还是在那个烛光夜晚，诺哭了。她撕碎了稳给她的第一封也是最后一封信，信在火光中闪耀了几下，化作了一只黑蝴蝶。烛光映红了诺的脸，温馨得让人不敢靠近。诺却再也没有言语。

那一段日子，诺总是呆呆地望着空荡荡的篮球场，希望找到稳的身影，但唯有我知道稳转学了。

“可爱的女孩，其实没有稳的风景线，依然是那么美丽。”烛光中，我轻轻地走到她身边，“还是让我们再念这首诗吧！”

诺点了点头，轻轻地和我一起念：我不是蓝天唱晴的鸽哨/你不要徒劳地寻找/我不是衍生的佛光/你不必回眸顾眦——/热烈的夏天不属于我/富庶的金秋不属于我/倘若有一天，你又步入/乍寒乍寒的风雨小道/透过迷蒙的雨雾/会传来我嘶哑的呼叫……

念到第三遍的时候，诺哭了。诺说她可以是蓝天唱晴的鸽哨，一定会找得到。烛光中，她的脸跳动着，越来越模糊。是啊，秋天到了的时候，浪漫是不是也就到尽头了？烛光中，诺和我相对无语……

秋天，还是不留情地来了。诺也转学了。秋风轻轻地吹，落叶飘满了天，可哪一片是诺？秋风终于送来了诺的消息：“毛毛驴，真的希望和你在一起。你还记得我们的烛光夜晚吗？我一切都好，就坏在你还欠我两袋巧克力，不要忘记，要不然，就让胖胖猫坐在毛毛驴的背上绕学校走两圈……”

昏黄的烛光中，我仿佛又看到诺可爱的脸，想起了我和她的许多个烛光夜晚，而远离的诺也一定知道，有一位想她的好友伫立在风中，等她回来……

聊天室

晓章和女孩诺属于不打不相识的那种，在打打闹闹中，同学之间却产生了友谊之情。真正的感情是经得起时间来考验的，要不，转学后的诺怎么可能还不会忘记晓章，给晓章写信呢？当然晓章也的确真心对诺好，同学一场不容易，让我们都好好珍惜这难得的友情吧！

被玷污的友情

贾礼杰

正当我的思想斗争最激烈的时候，有人在我身后连踢了我三下。头两脚用劲较轻，踢在我凳子上，我没在意；后一脚因用力过猛，竟然踢在我的屁股上。

安莲是我们班里最漂亮的女孩，也是我们班课外藏书最多的“首富”。

初三那年，我忽然对文学产生了浓厚的兴趣，对书的向往自然也如饥似渴。看着别的同学都几次和安莲借书和交换书看，我心里也痒痒的，但最终还是抑制住了自己向她借换书的念头。因为我知道，我无法去面对安莲那双美丽的忽闪忽闪的大眼睛。何况，来自农村的我深知城乡学生之间的差别，所以我很自卑。看着别人如鱼得水般地站在安莲面前，我实在无法鼓足这份勇气。

一天上夜自习课，我拿着三毛的《稻草人》，很想回过头去换看安莲手中的小说集，可是踌躇了许久，我实在无法开口说话。每次鼓足勇气，最终都不得不放弃。我害怕自己一旦开口，遭到安莲的拒绝，那份尴尬，委实令人消受不起。

正当我的思想斗争最激烈的时候，有人在我身后连踢了我三下。头两脚用劲较轻，踢在我凳子上，我没在意；后一脚因用力过猛，竟然踢在我的屁股上。我下意识地回过头去，安莲那秋水般的眸子竟然和我的目光碰个正着！我慌乱地移过脸去，安莲却乘机偷偷塞给我一本书。那正是我梦寐以求想借看的那本书。在那本书里，我发现了安莲写给我的一张纸条。安莲的字，和她的人一样娟秀，可谓字如其人。纸条上这样写道：我用这本书换看你的《稻草人》，好吗？莲。这张纸条虽没有称谓，极其简单，但我的心中却有一种心潮澎湃的感觉。我立时也在纸条上写了一句话：谢谢你借给我书看！我把这张纸条夹在书里，又像做贼一样塞给了身后的安莲。

自此，我和安莲配合甚是默契。安莲有书就借给我看。我若有书自然也借给安莲。我们彼此心照不宣。每次借书，还书，都没有忘记夹进一张小小的纸条。纸条上无非写一些“祝福”“谢谢”之类的字眼。纸条虽小，但却浓缩着我们无尽的情谊。

然而，我万万没有想到，正是这些纸条，却给我们带来了一场可怕的“灾难”。那次，我和安莲的“鱼雁传书”，竟不知被哪位好事的同学告发到班主任那里去了。

那天下午放学后，班主任骆老师把我叫到他的办公室。骆老师先是给我沏了一杯茶放到桌子上，颔首示意我坐下。正当我诚惶诚恐地坐在他面前时，骆老师倏然虎下脸说：“你和安莲同学的事，我已听说了！”

我懵懂答道：“我和安莲什么事？”

骆老师愀然作色：“你装什么蒜？！你和安莲谈恋爱真当我不知道？纸里终究包不住火！哪有不透风的墙！——说说吧，你们是什么时候开始谈恋爱的？你今后有何打算？你是主动把情书交上来，就此悬崖勒马，还是……”

我嗫嗫嚅嚅地说：“我和安莲……真的没有谈恋爱……”

聊天室

一向老实巴交的男生好不容易与一位女生结识并成为朋友，可是他们还未来得及体味一下友谊的滋味，却被老师来个当头棒喝。简直不敢想象，要是每位中学生都遭遇这样的老师，那往后男女生之间还怎么交往？

单眼皮女生

张扬

谁知道“单眼皮”猛地发出一个弧线球，直挺挺地砸在了我的后脑勺上，“嘭”的一声脆响，女生笑倒了一大片。张婷叹口气、摇摇头，看着我摸着脑袋瓜子去捡球，也不道歉。我对她说：“你砸什么不好，偏要——”

我是一个单眼皮男生。

有时候“天真可爱”，喜欢在班上寻觅“知音”，有一天，我很光荣地在男生宿舍把书卷成话筒宣布——全班像我一样是单眼皮的，男生还有15个，女生呢，有且仅有1个！——男同胞们忍不住“啊”的一声异口同声地发出这样的惊呼：“她是——谁？”

答曰：“张婷是也。”“唉！”男同胞们忍不住叹气：“不起眼！不起眼！”从此以后，单眼皮就成了张婷的代号。

我和“单眼皮”本来是扯不上什么瓜葛的，因为我和她在班上的距离挺远，几乎就等于教室的对角线。刚开始熟识缘于一次体育课，我在一旁看着女生打排球（我们班只有11个女生，所以只能六比五凑合着打），其中就有张婷。我回过头，边看太阳边自言自语：“还挺早！还行！”谁知道“单眼皮”猛地发出一个弧线球，直挺挺地砸在了我的后脑勺上，“嘭”的一声脆响，女生笑倒了一大片。张婷叹口气、摇摇头，看着我摸着脑袋瓜子去捡球，也不道歉。我对她说：“你砸什么不好，偏要——”

“算了吧你，还真疼？我不信，我又不是没被砸过！少装蒜！”她招招手对我说：“嘿，我说，你要是不嫌弃，也过来凑个数吧，正好差一个角色，不顺手呢！”正所谓不打不相识，我参加了那场球赛之后，也和她熟识了。

听女生说单眼皮“很健谈”，单眼皮“很活泼”，单眼皮什么都好，就是有一样不好，那便是学习。

后来又听她自己说：“要说吧，我这人身体倍儿棒，吃饭饭香！啥毛病都没有。只对一个玩意儿过敏，只对一件事情不感冒。”

我忍不住好奇心问她：“这么神秘，是什么东西，不妨讲来听听！”她说她见到课本就头痛，上课好比是坐牢。

要说，单眼皮女生在学习上还真没什么特别的地方，除了发挥稳定以外。每次考试，她总是保持在最后几名，一点儿都不含糊。

后来，我才知此言不虚。有几次她把我的作业本子拿过去，说是参考参考，我当时也没怎么在意。后来才发现她的作业居然和我错得一模一样，心里就特别别扭，开始怀疑单眼皮这家伙是不是在照抄作业呀？

这样一来，我就提高了警惕。她再来借作业本“参考”的时候，我就忍不住跟在后面盯梢，结果把正在“作案”的她逮个正着。我当时特别气愤，于是猛地从后面抽走了本子，把她吓了一大跳，站起来“干什么，干什么！”地嚷。那时候她那单眼皮里面的神情多尴尬多飘忽呀。

我劝她：“张婷，你不能这样，自己也要动动脑子！别老是想着抄抄抄，抄顶什么用，你不还是什么都不会，那会害了你的！你想想你爸你妈他们每学期……”

“你甭跟我提我爸我妈！”她朝我摆摆手不耐烦地说，“你也不用跟我讲这么多大道理，我文化知识没学好，理解能力不强，听不懂！”一边回头还要嘀咕：“真是个小气鬼，不就是看看作业嘛，有什么了不起的，好像别人欠你钱似的！”

“唉，你怎么能这样说呢！”我一时急了，“再说了，我是学习委员，有责任帮助你！”

“得了吧，你们这些当官的！出了教室还像个人样，平时一个个封疆大吏似的，专搞空洞说教……”

“张婷！”我断喝一声，“你要是再这样，我可要告诉老师去！”

……

就这样，我和张婷的关系闹僵了。

我还没想到怎么去帮助她，班主任就把她找去谈话了。从班主任办公室出来以后，她用那双红肿的眼向我投来愤恨的目光，我心里不禁打了一个寒战。同学们都面面相觑，我也一片好心，就跑过去问这是怎么了。她却朝我怒吼：“你不是喜欢告状吗？你去告呀！大爪牙！我张婷什么都不怕，难道还怕这个？”

我一下子就蒙在了那里，心里暗暗叫苦，我昨天不是随便说说嘛，这是哪儿跟哪儿呀，谁喜欢告状了？

没想到老师一点儿面子也不给，居然在班上公开批评说：“据我观察了解，我们班有一股歪风邪气，有些同学喜欢自欺欺人，把别人的作业拿来抄，你这样做戏给谁看呢？给我？我今天在这里要正告某些同学，如果再这样发展下去，我就不管他（她）了！”

那一段时间，听说张婷的父母正为离婚打官司，闹得不可开交。

她索性连作业本子都懒得再交，老师也狠下心来，不再管她。她变得有些偏执起来，总有点儿不大合群，喜欢斜着眼睛用那种怪怪的眼神来看人，叫人心里直发毛。

有几天，学校特别紧张，据说，她在社会上结识了一些不正经的人，别人把她拐跑了。这下，可把学校急坏了，把全校老师都派出去满世界找。后来的事我们不大清楚，只知道“失踪”了一个星期的她又重新回到学校来上课了。

可是，同学们不再以那种信任的眼神看她，她不再是大家的朋友。许多家长告诫自己的子女“这女孩子不正经，你可不要跟她瞎来”。于是女孩子开始对她退避三舍，她失去了那个圈子；男孩子把她当外星人，她是不可能进入这个圈子的，实际上，她没有了一个真正意义上的朋友。

从那时候开始，她却认真学习起来了。

但是她很无助，大家都在敷衍她，没有人愿意给她讲解那些令人头痛的数学题，没有人跟她讨论那些长串的化学式，没有人跟她练习英语会话……有一天，她端着一本几何书，从我的面前“飘然”走过，留下了一声轻轻的叹息，问我前面的同学王某几何题的解法，小王正在做化学试卷，连头都懒得抬，把自己的几何书塞给她说："我上面已经有了，你自己看吧！"

"你能不能给我讲讲？我看过别人的，但是好像看不懂！"

"没看见吗？我这里正忙着呢！老师明天要检查，我的卷子还没做完呢！"

她欲言又止，眼里充满了那种迷茫的眼神。

我把这一切都看在眼里，心里酸酸的。终于鼓起勇气对她说："张婷，我现在有空。我们来探讨探讨！"

从这一天开始，我们重新有了交往。别的同学都特别不解，那样的女孩，你还跟她来往？再说了，你们之间不是还有过节吗？我也只是笑笑，什么也没有回答。

有一天，我告诉她我根本就没有告什么状，我说："你信吗？"

她说："我信！"

其实单眼皮一点儿都不笨，期中考试她竟然不可思议地闯入了前十名，连她自己都忍不住惊讶：怎么这么容易？我说："单眼皮，道理很简单嘛，谁叫你是单眼皮女生呢！"

聊天室

学习成绩好坏不是衡量一个学生优劣的绝对标准。比如"单眼皮"女生，尽管学习成绩不怎么理想，但她身上也有许多优点，作为她的同学，我们没有理由歧视她，冷落她，而应该多给她一些理解和帮助，这样，她才有可能有信心去面对自己的未来。

昨日的容颜

程有圣

上课时，我总是很专心听，生怕漏听一个字，一句话……听得正出神，忽然，身体侧面遭一棒打，顿时，我的脸刷地红了起来。侧头一看，她若无其事，把长尺条放一边冷处理。

接连好几次，不知不觉对她有一种渴望，有时倒愿让她打。一次自习课上，趁我不注意她又给了我一下，待我偏转脸一看，早已逃之夭夭，她若无其事般坐在那儿假“专心”，我撕了一纸条草草写着：“你何来手长？”捏紧后，扔过去，正好打在她脸蛋上。

她叫云，自称是飘浮不定的云，比起我的害羞，她是一个活泼的女孩。我们在同一个班，她很优秀，令我嫉妒的同时，也令我心仪。

在我俩相互见面时，她总以“哈——哈”大笑对视我的忸怩。我不敢相信，但随后，慢慢发现，这是独独对我的；如同一剂勾魂药，我那花季情窦开始怒放，对她有一点点动心。

我与她有了接近，距离也缩短了。干脆，她就搬到我旁边坐下，我们之间隔着一个柜子，中间有一条缝。

上课时，我总是很专心听，生怕漏听一个字，一句话……听得正出神，忽然，身体侧面遭一棒打，顿时，我的脸刷地红了起来。侧头一看，她若无其事，把长尺条放一边冷处理。

接连好几次，不知不觉对她有一种渴望，有时倒愿让她打。一次自习课上，趁我不注意她又给了我一下，待我偏转脸一看，早已逃之夭夭，她若无其事般坐在那儿假“专心”，我撕了一纸条草草写着：“你何来手长？”捏紧后，扔过去，正好打在她脸蛋上。她似乎很惊讶地把头微微一转，“哧哧”地笑开了花。这时，我才发现她有两个酒窝深深挂在嘴边，装点着整个笑脸，是那样的纯朴、靓丽，我的脑海立刻如照相般把她“照”了下来。

她也扔了一个纸团：“我珍惜你的每一个字。但不好意思，吵着你学习了。”她那俊秀、遒劲的楷体字跃跃然与她甜甜的笑浑然一体。

我对她有了说不出的感觉，天天想见她，一见她，便觉得人就快活多了；没有见到她，梦里也会见到她。记得一次是在午休时，朦胧地睡着，隐约听到她的声音，我兴奋地从床上跳起，哪知楼外面空寂无人，太阳炙烤着大地，还是午休时分——梦也让人追求……

我们彼此间有了那份情，但谁也没有向谁直露，对外秘而不宣，两心却相印。

教室成了我们的“幽会”圣地。我们尽情地说，尽情地笑，始终保持着一种新鲜感。有一天，她递过一张纸条，上面写着：“你很可爱，你的爱情设计更可爱。”

旁边没人，我毫不考虑，便半开玩笑说：“你喜欢可爱？哦，算是同道。”

好像有难言之隐，她依然以笔代言：“你设计的爱情里有我吗？”写完，晶莹的眼光紧紧地注视着桌子的那一条缝，有期待，有紧张。

我不敢相信这就是我的初恋，我对我的矜持，对我的被动感到无从招架。她美丽的令人神怡的笑，在我的头脑中又浮现明朗了。我心一热，冲动的目光从她柔绵绵的细眼经过，禁不住地闪发出羞赧的旺热的火花。“我喜欢你甜甜的笑，喜欢你的纤纤温柔……”写完后有一种快感，无可言喻，但不敢面对她。

班上开了一次舞会，舞曲吸引着多方来客，同学们学的学，跳的跳，都各自邀请到自己的最佳舞伴。唯有我像游离的人一样，心有所仪，却痴呆地坐在一边，既没去邀请，也没被邀请。云来了，看我坐着，她也坐一边，过来几个人邀请她她没接受，我站起来，走了出去，走进来又坐了下去；心早就飞给了云，但我却不知所措。时间一秒秒地扣紧我的心，舞一支支地柔曼着……云的神情变得肃然、忧伤，我们把渴望通过轻歌曼舞浓缩为两目祈祈；我知道云在焦急地等待着，我也在焦急地等待着——云走了过来，伸出纤小的手；我早就轻轻地抓住了她的手，“舞”入人群。许多人投来热辣辣的目光，不知是羡慕还是嘲讽，但我感到害怕。

回到寝室，我与云跳舞这一事早被炒成了新闻。他们胡诌一通，即使我满身是嘴也争辩不清。我的优秀受到无可挽回的挑战，如玉上的一个斑点，我更感可怕。

传闻迅速地传出来。我们疏远了，先前的熟悉也变得陌生，谁也不轻易接近谁，在爱的旋涡里煎熬着痛苦。

云进了团委，天天来去匆忙，与各种人都有来往，有时不免使我吃醋。云常与团委的男孩在一块儿，虽然只是工作关系，但我不能不警觉。每次听到有关她的传闻，我再没勇气也再没理由去发展这段情。冥冥中，把“索要”来的她的全部玉照归还给她。

第二天，她的眼红肿得只有我才能辨认。谁知，她的孤独的泪花在无情的漫漫长夜消逝了她的容颜，消逝了她的活泼；在手的玉照被遍地开花。她中午在教室里哭了，下午在教室里哭了，还有晚上，第二天、第三天……我的柔弱的灵魂，一夜之间愁白了头。我背负着巨大责难，心如刀绞，流泪到天明……

压抑了许久的感情没理由不爆发出来。一天下晚自习后，我塞了一张纸条进她桌里，上面写道：

云，我想我们之间的隔阂和误会太多，太深……请再给我一次机会。明日中午放学后操场上见，不见不散。

第二天，我显然有一丝轻松感，但又紧张了起来：不明不白地伤害了她，她会来吗？课间操时，她没去。

回到教室，打开桌子，发现有一纸条，上面写道：对不起，今天我不能陪你出去……你送我的礼物和书信纯洁无瑕，我将保存至永久。

我魂不守舍地朝她的座位上望去，凝聚在她脸上的愁思消失了，漾现出昨日的容颜。我知道懊悔已迟……

聊天室

男孩女孩之间在交往中发生误会是一种正常现象。但有时候，一个不经意的伤害，却让双方之间的裂痕越来越深，短期内无法弥合。当然，等长大以后，有许多问题会不攻自破。

插队

郑章乐

“我——也有急事，怎么着？”这嗓门更加“洪亮”了，仿佛理直气壮。他这么野蛮，我无计可施了，这会儿再回去排队的话还得从队伍的最后面排起，那不是更糟了吗？我急得直跺脚。怎么办？现在的我可真是进退两难啊！

食堂窗口前已排上一条长龙似的队伍，大家都焦急而有序地等待着，等待着。

窗口内也不时地向外伸出一只递过饭盒的手，这一切都是那么井然有序。

长龙似的队伍或增或减，往复循环着。

此刻的我心急如焚，因为中午我还肩负着办黑板报的重任，完不成的话就得给班级扣分，而打饭的队伍却如长龙，这样排下去什么时候能轮到我啊，还哪来的时间办黑板报！

很快，我就发现了队伍停滞不前的奥妙，你瞧，打那儿又来个学生，大高个，看样子是高中部的学生，他倒挺悠闲，不紧不慢地敲着饭盒，朝长龙似的队伍瞟了一眼，晃悠悠地踱到队伍的前面，仗着他是高个，推开站在前面的小同学，一挺身，插了进去，站到第三位，真可谓是“飞跃”呀！

我一下子脑子开了窍，于是计上心来……

于是我急急地朝窗口跑去，对正在买饭的一位小同学说：“同学，能让我站在你前头吗？我有急事。”

“不行，不行！”刚才那个抢位子的大高个从身后冲着我嚷起来：“不许插队！”这家伙自己插队倒管起别人来了，嗓门还不小。

“可是，我有急事，赶时间！”我焦急地转过头，期望以自己的可怜来打动他。

“我——也有急事，怎么着？”这嗓门更加“洪亮”了，仿佛理直气壮。他这么野蛮，我无计可施了，这会儿再回去排队的话还得从队伍的最后面排起，那不是更糟了吗？我急得直跺脚。怎么办？现在的我可真是进退两难啊！

正在我脸蛋憋得通红的当儿，小同学后面、大高个前面的一位同学对我和蔼地说：“同学，站到我这边来吧！”

我挺感激地问他：“那你呢？你怎么办？”

“我不急，可以排到队尾去！”

我流着眼泪占了他的位置。

“不许插……”那个大个子刚想说什么，猛地收住口，脸涨得通红。

“她没有插队，这本来就是我的位置！同学，得饶人处且饶人！”说完，他淡淡一笑，转身向队尾走去。

窗前又恢复了先前的平静，买饭的队伍仍在继续，谁都没有言语，像什么也没发生过似的，只有这小小的窗口，默默注视着这一切。

我想，那个高个儿这顿饭一定吃得不香吧！

聊天室

损人利己令人痛恨，助人为乐有口皆碑。打饭排队本属正常，偏有一些同学恃强凌弱干一些与自己身份不相称的“插队”勾当。从窗口我们可以看到两种完全不同的心灵，令利己者汗颜止步。

不屈的较量

张蕾

“小霸王”闻言，惊诧地转过头，盯了我一眼，先是嘻嘻，再是用蔑视的目光瞪着我。那神情像要吃掉我似的，步步向我逼了过来……

我担心他把我当门也来个“砰”的一脚。心里想，男生们都到哪儿去了呢？我心里祈盼：此时最好有男生出来顶一顶，但，男生们像没看见似的，都在“埋头做作业”。

腊月，外面狂风大作，树影开始晃动，且越晃越厉害，不一会儿，竟下起雨来，坐在教室里的我们，隔着玻璃窗看风景，虽然手头做着作业可心里却无法平静，想到归家的困难，谁能静得下心来呢！

老师出去不到一会儿，我班的不服管——“小霸王”就开始抽动脸上那条疤痕了。我不时地抬头看他，心中有些不安。

果然问题来了，一个不留神，这家伙竟然三步并作两步直窜到门前，呼哧一脚，砰——门敞开了，风夹着雨刮向了同学们的手脸，大家顿时缩头避风，门口的同学冷得直哆嗦，他为他的恶作剧得意地大笑着。同学们敢怒不敢言，搓手掌取暖。

不能不管他了！我是一班之长，我不管谁管，我可不怕他。我要用权了。我“噌”地从座位上站起来，十指直点桌面，敲击一记后，用铿锵的语音喊叫：“你，赶紧坐到位置上去！”

“小霸王”闻言，惊诧地转过头，盯了我一眼，先是嘻嘻，再是用蔑视的目光瞪着我。那神情像要吃掉我似的，步步向我逼了过来……

我担心他把我当门也来个“砰”的一脚。心里想，男生们都到哪儿去了呢？我心里祈盼：此时最好有男生出来顶一顶，但，男生们像没看见似的，都在“埋头做作业”。

不知不觉，“小霸王”与我只一步之遥了。他用凶狠的、杀人般的目光直视着我。那眼神像是定格的，一动也不动。我发出了最后的命令：“你给我回去！”

我把这话叫得山响，可他像是没听见，那条疤痕又开始抽搐了，且抽搐得很快。我心跳的声音连自己也听得清楚了。

突然，他的脸向我凑近，连他的呼吸也感觉到了，他想用这绝招来吓住我。我要保护自己赶紧避开吗？这正是“小霸王”所期望的，我不能向他妥协，我一定要战斗到底，让大家不再有怕他的想法。想到这，我甘愿受辱，用威严的目光紧盯住他的眼睛，跟他搞起了心理战。

“小霸王”的脸与我仅一寸之隔了，他咄咄逼人的目光，不禁让人想到凶恶的野狼，而我的脸仍纹丝不动，像铜铸的塑像。

在我的逼视之下，“小霸王”的目光终于暗淡下来，不一会儿便无采了。他突然一声干笑，掉头迅速地回到了座位上。这时，我听到了一阵掌声，那是同学们的赞誉。

说实在的，我也怕“小霸王”，不为别的，就因为他这人不讲理，就因为这家伙很难缠，但我至今也不清楚，当时的怯懦去哪里了，当时的那股比男子汉还要大的勇气是从何处来的。但我确信自己那时候是个勇敢的人，勇敢的人才能获得最后的胜利。

再厉害的“小霸王”也不过是只纸老虎，没什么好怕的！

聊天室

校园生活中同样不乏矛盾与冲突，特别是违纪者与遵纪者的冲突。双方的较量，不仅仅是体力的，更多的是心理的、情感的、理智的较量。违纪者虽然逞能一时，但是遵纪者却是最终的胜利者。

聪明与糊涂

刘小芬

回班的路上，我一直在责怪自己，怎么这么倒霉，竟然自投罗网。准是王欢搞的鬼。刚才我自己怎么就忘了今天是愚人节呢！不行，我得找王欢“复仇”去。

作为班里的捣蛋鬼，平时就没个正形，今天是愚人节，更是我大显身手的好时机，我一定要好好捉弄一下别人。

这天早晨，我早早地来到了学校。坐在临近后门的位置上，我绞尽脑汁想着整人的高招，这时，我看见王欢正趴在课桌上背外语单词，于是计上心来。

我朝她走了过去，面不改色心不跳地说：“王欢，外面有人找，你出去一下！”

王欢抬起头，笑着对我说：“嘿嘿，今天是愚人节，你骗不了我的。”

唉！看来我这个计划太欠妥，一点儿迷惑性都没有，一下子便被她识破了，只好灰溜溜地坐回自己的座位。

嘿，真没劲，骗不了别人，还是来赶我的作业吧！

今天的作业可真是不少，又是数学又是物理，我几乎都快忙昏了头。好不容易，经过“苦战”，大部分已经完成，还留有“残部”。对了，我的作文还没写完呢！已经拖了三天了，真担心语文老师会处罚我。

我抬头环顾四周，王欢和她的同桌怎么不在了。“她干什么去了？”正想着，她们俩从教室外面走了进来。

我问道：“你们刚才去哪儿了？”

“我们呀，交作文本去了。对了，语文老师叫你去一趟！”

天哪！坏了，我的作文还没写完呢。我一边拿起作文本，心里一边想着如何应付老师的问话。等会儿老师要问我为什么没写完，我就说……我在心里嘀咕着来到了办公室。

“报告！”

“进来！”

“老师，你找我呀？我的作文还没写完呢！”

“我找你？！噢，原来你的作文又没写完啊？我说怎么你们班的作文总是交不齐，我正想要查查有谁呢！正巧，你送上门来了。回去补上，再罚写一篇。唉，对了，今天正巧是愚人节，你就写一篇《愚人节的故事》，明天上午交，回去吧！”

啊！看老师的神情，难道是……王欢？我跟你没完。

回班的路上，我一直在责怪自己，怎么这么倒霉，竟然自投罗网。准是王欢搞的鬼。刚才我自己怎么就忘了今天是愚人节呢！不行，我得找王欢“复仇”去。

我急匆匆地往教室跑。只见王欢正站在教室门口，笑嘻嘻地等着我呢！我真是又气又恨，又想哭又想笑。跑过去就想狠狠地打她几下。谁知她比我跑得还快呢。我们一跑一追，引来许多同学好奇的目光。我真是被弄得哭笑不得。

这就是愚人节的故事，我被那小丫头耍了一回。

聊天室

“愚人节”这天一来，稍不留神，便会被人捉弄得莫名其妙。一些机灵鬼不失时机，大显身手，但难免也有愚人不成反被人愚的时候，不过至少在哭笑不得中可以让人明白做人的道理。

兄弟，我错怪你了

王 霞

我心里气愤异常，这个赵同，上次我跟他因为一件小事闹矛盾，他却趁我在家做作业，用玩具手枪将我们家的灯泡打爆了；还有，他每天都嘻嘻哈哈地“调戏”女同学；上次跟我打架，一拳头就把我的鼻子揍出血，手段是何其的残忍。想他那双沾满血腥的大手不知扼杀过多少条小生命。这只小燕子现在落到了他的手里，恐怕是凶多吉少啊！

大家都在教室里安静地自习，谁也不吱声，突然，一石激起千层浪，教室里乱了。

只听“嗖”的一声，一只小燕子轻盈地从窗外飞到了教室，落在了屋顶上吊着的日光灯套上。只听“啪”的一声，教室的窗户被我的死对头赵同关上了。

顿时，大家都抬起头来，用充满好奇与欢欣的目光注视着那只小燕子。

有人嚷道：“快，快关门！ 关窗户！别让它跑了！”

“对，让它在咱们教室里安家吧！”大家连忙行动，准备抓住小家伙，全班同学群情激动，朝着小燕子欢呼起来。

可是它对于我们的热情并不予以欢乐的回报。相反，它好像感到了潜在的危险，便展开了翅膀，在教室里到处飞蹿，好像是在寻找出口，偶尔发出几声轻细的叫声。它一会儿箭一般地飞向教室后，一会儿撞到了玻璃上。它万万没想到已在劫难逃了。它慌了，拼命地叫着，在教室里盘旋。可大家并没有觉察到这些，仍拍手叫好，欢迎这个欢乐、吉祥的使者。我也不例外，放下了手中的笔，眼睛跟着它转来转去。

忽然，它停在了一个很低的窗棂上，看上去像是很安然，其实掩不住那份焦急与惊恐。那颗小脑袋不时地左右颤动，眼珠也在转动着，面对“迷宫”，它茫然了。

这时，捣蛋鬼赵同离开了座位，一步一步轻轻地、慢慢地向燕子靠近。大家看着他，都为那只燕子担心。可他却还扮了个鬼脸，笑嘻嘻的，马上就又镇定了，蹑手蹑脚地走了过去。那只燕子也好像觉察到厄运将至，刚展开翅膀，就被一双大手紧紧地握住了。

完了，那只燕子没命了。

我心里气愤异常，这个赵同，上次我跟他因为一件小事闹矛盾，他却趁我在家做作业，用玩具手枪将我们家的灯泡打爆了；还有，他每天都嘻嘻哈哈地“调戏”女同学；上次跟我打架，一拳头就把我的鼻子揍出血，手段是何其的残忍。想他那双沾满血腥的大手不知扼杀过多少条小生命。这只小燕子现在落到了他的手里，恐怕是凶多吉少啊!

只见那只鸟儿挣扎着、叫喊着，拼命地扇动着翅膀，可任凭它如何叫喊，挣扎，也还是无济于事。

大家因为害怕赵同的武力，没有谁敢吱声，哼，你们都怕他，可我偏不，我站起身来，拍着桌子怒斥：“赵同，快把小燕子放了，不然，哼，别怪我不客气！”

可他却嬉皮笑脸地回到了座位上，我真想上去揍他一顿，用愤怒的眼光跟踪着他，企图逼他屈服。可他却无动于衷，只是将小燕子上下左右瞧了瞧，突然，他掏出一把小刀。

天哪，这家伙竟如此残忍，当着这么多的人，大开杀戒!

“不要！”我和同学们同时惊叫了起来，“太残忍了！”“放了它！”“放了它！”大家都有些急了，愤怒的声音响雷般地在耳边响起。

可谁知他今天发了慈悲，并没有伤害它，只是见它羽毛上黏着些脏东西，帮它除去罢了。

看到这里，我终于松了口气，

这时，他又捧着它出去了，来到走廊边，只见他却松开了双手，那只小燕子获得了解放，抖了抖翅膀，“唧”的一声，飞向了自由的天空。大家望着在天空自由飞翔的燕子，欢呼了起来。

一会儿，赵同走进了教室，我迎上前去，拍着他的肩膀说：“兄弟，我错怪你了！”

聊天室

小燕子闯进教室，给同学们带来欢乐、吉祥。在大伙好奇、惋惜、愤怒、欢呼的情感变化中不仅小燕子得救，而且捣蛋鬼也受到了教育，小燕子带着希望自由飞翔，昔日的赵同在掌声中回到同学们当中。看来，再“野蛮”的同学也有温柔的一面。

可恶的恶作剧

朱丽丽

唉，又是这个郭小强在捣乱。自上初二以来，班里有几个男同学总爱欺负我们女同学——上次我靠在教室关着的门上看风景，谁知门被郭小强突然打开，我一不小心摔倒在地；这家伙还几次拿来一些令人恶心的小动物来吓唬人。胆小的女生总被吓得尖叫不已。

下课了，我正在专心致志地做着作业。忽然，后面传来一声尖厉的惊叫。回头一看，只见同学玉梅正双手紧捂着耳朵，大声尖叫着，脸上露出十分惊恐的样子。

再看，只见男生郭小强手里拎着一只死壁虎，高高地悬在她的面前……

唉，又是这个郭小强在捣乱。自上初二以来，班里有几个男同学总爱欺负我们女同学——上次我靠在教室关着的门上看风景，谁知门被郭小强突然打开，我一不小心摔倒在地；这家伙还几次拿来一些令人恶心的小动物来吓唬人。胆小的女生总被吓得尖叫不已。

“真烦！”我收了作业，准备出去。没想到郭小强又把那只壁虎拎到我面前，嘴里还“嘻嘻”地笑个不停。

“拿开！”我不禁有些愤怒了，吼了起来，他只好灰溜溜地走了。

一旁的男生见我没被吓着，就七嘴八舌地嚷着：“嘿，小强，你也太笨了吧，怎么连吓人也不会？”

“人家变态了，怎么会被吓倒呢？”

我被那小子气得几乎吐血!

上第二节课的时候，又听到小冉的尖叫，接着她就伤心地哭了；几个调皮的男生却哈哈大笑了起来。原来不知是谁把那只死壁虎放到了小冉的文具盒里。要知道，小冉可是我们班最胆小的女生啊!

真是太可恶了。这该死的“恶作剧”！真的很好玩吗？我不知道干这事的人是不是很无聊？是否带着一种恶意？想把自己的快乐建立在别人的痛苦之上吗？恶作剧也许是男生想引人注意的本性使然吧，但也应该有个限度。如果他们能把恶作剧的兴趣转移到正当有益的事情上来，为集体、为同学多做一些好事，乐于助人，一心为公，不是更具“男儿本色”吗？

这样的人真是太可恶了，我顿时拍案而起：“你们，把那只死壁虎给我扔出去！”

也许是因为男生见惯了女生的软弱无能与好欺负，面对我的“河东狮吼”，他们一下子被镇住了，只见郭小强愣了愣，乖乖地拽起那只死壁虎的尾巴走出了教室。

聊天室

校园生活中“恶作剧”时有发生，往往是一边前仰后合，一边惊恐万状。女学生在被“恶作”不成的情境下，以独特的见解和感受，为女同胞打抱不平，给那些无聊的闲人以讽刺和规劝，达到一箭双雕的效果。

那小子真狂

王培

他却满不在乎地说："怎么，这么专制啊？我有言论自由！哼。"这家伙丝毫不理会我的恼怒，不仅动口，还要动手了，他一边说一边伸手拿我的包，为了保护我的包，我只能奋力上前拼抢，可他先下手一步，等我赶到，他已经灵巧地跑了。

在同学眼里，我是一个不错的学生。不但成绩好，还有无数的朋友，无论是男生还是女生都很乐意跟我交朋友。说实在的，有时我自已也感到很满足。但是，让我无法释怀的是，班里却总有一个爱和我"作对"的男生——他叫黎振，不过，不是那种真的处处作对，只是常常让我哭笑不得。

那是一个星期六，学校组织我们练集体舞，准备元旦晚会。吃完早饭我就来到了学校。一进教室，就看见黎振和另一个男生在看漫画书。

见老师还没来，于是我坐下来写作业，顺手把包扔在了另一张桌子上，冲他俩笑笑，算是打过招呼。

过了一会儿，黎振对另一个男生——彬彬，说："咱们班的'万人迷'真不错呀！进来连个招呼都不打，跩什么跩！"见他指桑骂槐地说我，我忍住了，还是忍住这口气的好，免得中了这小子的圈套，弄坏了自已的心情。可没想到的是，这家伙竟然还没完没了，一个劲儿地冷语相激。

我实在忍不住了，拍案而起："你别说了！"

他却满不在乎地说："怎么，这么专制啊？我有言论自由！哼。"这家伙丝毫不理会我的恼怒，不仅动口，还要动手了，他一边说一边伸手拿我的包，为了保护我的包，我只能奋力上前拼抢，可他先下手一步，等我赶到，他已经灵巧地跑了。

好家伙，竟然跑到讲台前，拎起一块抹布，得意地转了起来。

他是男生，我是女生，怎么抢得回来。无奈之下，我只能焦急地呵斥："你快把我的包放下！"但这招根本就不灵。他反而更来劲了，干脆把抹布扔到我的头上来了。

我恼了，拿起手中的书去砸他，但没打中，书反而被他"没收"了，看他手里拿着我的书，一脸的得意，我恨不得飞过去掐死他！

趁他一个不留神，我赶紧窜了过去，没想到他突然坐下了，刚想抢回自己的城风雨包，一不小心，右手夹在了桌子和他的肩膀中间，虽然很痛，但我没出声。

这时，我的注意力移到了他的文具盒上，这下我计上心来，不管三七二十一拿了就走。他急了，开始追我，不一会儿，将我逼到了墙角下，无路可走。

"你把我的书包放下！"我威胁他。

"我给你放地上！"

"轻轻地放！"

"才不呢，我给你摔地上！"……

看着我包里的东西被他摔得满地都是，容不得自己多想，只听"啪——"的一声巨响，他的文具盒也被我摔在了地上。我再也忍不住了，背过身去，泪如雨下。

见此情景，彬彬赶紧过来"调停"，他安慰我，把我拉走。见我哭得一塌糊涂，黎振似乎有些悔悟似的说："对不起啊！我，我只是跟你玩玩！没恶意的。"

我脱口而出："现在，你说一万句对不起也没有用！"

经过几天冷战之后，我的气已经消得差不多了，再加上黎振给我说了N句"对不起"，其实我也很想原谅他，但不知为什么，我们之间的关系依然僵着。

为了调节气氛，黎振主动给我讲了几个笑话，我心里原本想着无论如何也不能笑的，但是，实在忍不住，终于还是笑出声了。

“哈，你笑了？也就是说已经原谅我了？”他谄媚地笑望我。

“去，要我原谅你除非……”

“除非什么？”他显得很急切。

“除非你再给本小姐多讲20个笑话！”

“没问题，我现在就去拿笑话书。”

“你……”

就这样，打闹之后，我们终于握手言和了。

聊天室

说实在的，男生和女生开玩笑，并不是要和谁过不去，作为女生也大可不必与男生横眉冷对，当然了，男生的行为如果出格了，女生就有必要据理力争，正所谓“不打不相识”嘛！

那个调皮的弟弟

宋春芳

真是无巧不成书，老师竟安排我与他同桌。我窘得要命，他却无所谓地笑着说："小姐，世界真小，没想到我们成了同桌，对了，还不知道你的芳名呢！请问尊姓大名？""无可奉告！""小姐，起名字的目的就是要让人知道的，不值得这般保密吧！"

那年，我告别小学生涯，背着书包跨进了中学校门。夹在熙熙攘攘的人群中，我看到新生分班名单上我所在班有一个很漂亮的名字——或许是父母给我取个男孩名的缘故吧，我羡慕地脱口而出："白芸，多有诗意的名字！"

"过奖了，此乃父亲大人取之也！"我寻声望去，此话出自旁边一个带着浓浓山野气息的矮个子男生之口。

"什么？你就是白芸？"我惊讶而张大的嘴差点儿合不起来。凭直觉，我以为白芸是个长发飘飘的现代女孩，没想到……

白芸看到我惊诧的样子调皮地耸耸肩说："怎么了？刚才你不是说这名字很诗意吗？用在我身上有什么不妥吗？"

"可这是女孩的名字啊？"

"哪条法律规定的？"

周围的同学听到我们的对话都笑了起来，我的脸立即红了起来……

真是无巧不成书，老师竟安排我与他同桌。我窘得要命，他却无所谓地笑着说："小姐，世界真小，没想到我们成了同桌，对了，还不知道你的芳名呢！请问尊姓大名？”

“无可奉告！”

“小姐，起名字的目的就是要让人知道的，不值得这般保密吧！”

“啊……”他看了一眼我课本上的名字，像发现新大陆似的叫道，“小姐，原来我们同是天涯沦落人啊，你怎么也取了个男孩名？”

“你……”我无话可答，于是没好气地道，“小姐小姐，你没看见我比你大吗？”

他愣了一下，随即又笑着说：“对不起，你确实比我大，那我就叫你姐姐吧！”接着又学孔夫子给我行了个礼说：“姐姐，小弟这厢有礼了，日后还请多多关照！”我又好气又好笑，但还是很高兴地认了这个弟弟。

不用说，接下来的日子我们的故事更多了，白芸活泼好动，总爱捣蛋，有时上课也爱搞些小动作。这时，我就会以姐姐的身份教训他，叫他不要调皮，上课认真听讲等等，他倒也很听我的话。

白芸有“健忘症”，几乎每次轮到我们值日，他都忘记，早早溜去打球了。有时我确实很生气，但多数时候我还是自己默默地做过值日工作，姐姐嘛，当然要让着弟弟了，而第二天他记起来的时候，就会和我握握手，然后感激至极地说：“姐姐的大恩大德小弟没齿难忘，以后一定涌泉相报！”之后，他照犯不误。

别看白芸平时吊儿郎当，学习起来却十分认真，虽说英语一塌糊涂，但他的数学却顶呱呱。我正好与他相反。这样，我们就成了最好的搭档，树荫下，草坪边，经常有我们一起学习的身影。学累了，我们就天南海北地聊，聊得最多的还是大山。白芸和我都是大山的儿女，我们对大山有着特殊的感情。大山的秀美让我们赞不绝口，大山的贫穷落后却让我们心事重重。于是，我们有了共同的理想：当一名大山的人民教师，改变大山贫穷落后的面貌……

快乐的日子总是无声无息，转眼一个学期过去了。

这期间，我们一起学习，一起游戏，一起讨论问题，就像亲姐弟般亲密无间。其实在我们的那所中学，男女界限还是分得很清的，一般情况，男女同学之间多说几句话都会引起爆炸新闻。但是由于白芸比我小，而且我们一直以姐弟相称，所以我们再友好也没人嚼舌根，当然，我们这的确只是友谊……

第二个学期，我们没能再同桌，我有些难过，看得出白芸也舍不得，但他还是哽咽地笑着说："姐，别难过，虽然我们不能再同桌了，但我们还是好朋友、好姐弟，有空别忘了常'回家'看看！"我点点头，也笑了……

到了初二，大家都改变了很多。或许是成熟了，或许是长大了，我和白芸很少在一起嬉笑打闹了，但我们之间仍保留着一份默契。

聊天室

同学之间的嬉笑怒骂，其实也是友谊的润滑剂。男生白芸虽说有些调皮搞笑，但是心地还是挺善良的。这也难怪"我"会留恋和他同桌的日子了。

同桌阿诺

王琪

阿诺还很讲义气，只要朋友有难，他是向来不吝惜两肋插刀的。说心里话，我其实一直都特别佩服阿诺，佩服他的学习成绩、他的自制力和他的豪气，虽然他的脾气和性格有时也让我难以理解甚至气愤，但那毕竟是他的“特色”，非我所能苛求的。

同桌乃——Boy，恰巧与美国超级动作巨星阿诺德·施瓦辛格的名字相似，于是，他的众兄弟便阿诺、阿诺地叫开了。

阿诺虽然只有施瓦辛格健硕身材的1/2宽，但却也是个“硬汉”形象，他的大男子主义我早就“耳濡目染”过，怎奈本学期初老师竟把我和他调到了一桌，原因很简单：他学习好，我成绩差，老师希望我能借鉴一下他的“成功经验”，把学习成绩提上去。我在心里叹了一大口气，只祈望能和平相处。没想到调座当日他便结结实实地晾了我一把：

“老师，我不和她一座！”他竟公然向老师抗议。

“为什么？”

“因为……她是女生。”

岂有此理！老师怒极，班里哄堂大笑，我的脸部温度骤然上升，颜色也在不停地变换，在心里咬牙切齿地把他骂了个体无完肤。于是，我们就成了同桌。

从此，“世纪大战”便拉开了序幕。

阿诺学习功夫十分了得，上课的专心更让我佩服得五体投地。而我却有喜欢在课堂上说话或睡觉的恶习。自从跟他同桌，这些“娱乐”便被无情地剥夺了，“别说！”“闭嘴！”这类分贝颇高的警告常弄得我脸红脖子粗。

“我说我的，你听你的课呗！”为挽回面子我狡辩道。

“废话！听老师还是听你的？！”他句句紧逼，我顿时“英雄气短”，只能无奈地闭严嘴巴。而当我与周公会晤时，一声低沉清晰的“老师过来了！”吓得我“扑棱”一下直起身，蒙眬的睡眼直勾勾地盯着黑板，等到发觉上当想继续美梦时，周公却早已和我Bye-Bye了。再看阿诺，一副若无其事、专心听课状，我只好狠狠地瞪着他，任我双拳紧握，他却稳如泰山。久而久之，我竟然也渐渐养成了上课认真听讲的习惯。期中考试，我的名次奇迹般地前进了20多名，不知这里面是不是有阿诺的功劳呢？

其实阿诺是刀子嘴豆腐心的那种人。在我们的“冷战”进行到中期时，有一天，我忘带了练习册，又不愿开口求他，于是默默地把头转向一边，再转回来时，却发现一本练习册端端正正地摆在两桌中间，而他仍是一副若无其事的样子，让我颇为感动。于是，在他感冒时，书桌里会莫名其妙地出现我的手纸；我看不清黑板时，桌上会忽然出现他的眼镜；我的草纸常被他随手用掉，而他的算术簿也常被我涂得一塌糊涂……不过，做这类事情时，我们都不会说什么，就像什么也没发生一样，“冷战”仍会继续，然后就在一个谁都不经意的瞬间烟消云散了。

阿诺学习好，又是物理科代表，不管何方求援，他总是有求必应，只是每次给人家讲完题都忘不了自吹自擂一番：“这是谁呀（指他自己）真是聪明绝顶！”或“呃，大家注意了，不要盲目崇拜我啊……”如果是他向身边人请教，那么末了他又会说：“怎么样，给我讲完题，你自己更明白了吧？我这就是帮助你增强记忆呢！”要么就说：“我这就是考验考验你！”弄得给他讲题的人总是哭笑不得。

在学习之余，阿诺极爱踢球，稍有空闲就跑去与足球过招儿。对各大球星和俱乐部如数家珍，让我这个伪球迷自叹弗如。可是，每上完体育课，他的椅子下都会摆上一双味道“很劲”的球鞋，任众邻居掩鼻瞪眼，再三抗议也无济于事，后来，有此行为的Boy越来越多，无奈的女同胞也就只好睁只眼闭只眼了。

不过，别看阿诺平时大大咧咧的，在原则问题上可是毫不让步，他尤其爱国。北约轰炸了我国驻南使馆后，阿诺当下便画了一张呼唤和平的宣传画，醒目地贴在了黑板旁边，署名“阿诺宣传画”，见众兄弟齐呼精彩、伟大，阿诺的神情像出了一口恶气似的满足。

阿诺还很讲义气，只要朋友有难，他是向来不吝惜两肋插刀的。说心里话，我其实一直都特别佩服阿诺，佩服他的学习成绩、他的自制力和他的豪气，虽然他的脾气和性格有时也让我难以理解甚至气愤，但那毕竟是他的“特色”，非我所能苛求的。

这不，在我即将完稿时他还说呢：“同桌，万一发表了是否有稿费呀？我这么辛苦给你当模特儿容易吗？！稿费给我分一半不过分吧？”我赶紧说那是那是。

阿诺，如果你看到了这篇文章，答应我，今后大家和平相处，好吗？

聊天室

同桌虽然处处和“我”作对，但也是为了帮助同学进步，实属情有可原。真正的好朋友，贵在交心，只要彼此之间互相理解、互相关照，就一定能够和平相处。

“战友”SP

吴昌荣

真想不出如果没有SP与我作对，我该怎样面对这枯燥无味的学习生活。一次SP生病没有上学，这一天闲得我从心里痒痒，从骨子里难受。不过令我欣慰的是，第二天SP带病上学，坚持与我“并肩作战”，而且丝毫不逊从前。

“我限你三天之内把你的《风中密码》带来，否则……”

“凭什么？”

“凭它！”我在他眼前晃了晃拳头。暗想：这下你总该求饶了吧？同桌这么长时间，我终于可以尝到胜利的滋味了。正在我高兴得有些飘飘然的时候，他却“哧溜”一下逃得无影无踪了。这就是每天和我作对的“战友”SP。

SP是同桌的代号，说他是我的“战友”，一点儿也不过分。同桌这两年，他每天都和我作对，不厌其烦，坚持不懈。我说我喜欢乔丹，他就说他喜欢贝克汉姆；我要拉他去打篮球，他就拖我去踢足球，而更令人生气的是每次都以我的失败而告终。

去年愚人节，我把一双满是灰尘的球鞋放进了SP的书桌里，心想这下总可以让他大吃一惊了吧，但最终大吃一惊的却是我。中午回来的时候，我的书桌里竟赫然摆着一副臭气熏天的——鞋垫。

SP虽然总和我作对，可到了紧要关头，还是很有气节的，一天自习课，我正埋头苦读温瑞安大作《四大名捕》，老师却已悄悄走进教室，SP马上踢了我两脚。我抬头一看，老师距我不到五米的距离，便马上掀开桌盖将书藏了起来。老师来到我面前，狠狠地瞪了我，掀起桌盖搜查了一番，然后用透视器般的眼睛从上到下看了我一遍，确定没有什么可疑的地方后才将信将疑地走了。

老师走出教室后，我才从SP怀中取出小说，心想：学生就是聪明，尤其我，只用了一招“明修栈道，暗度陈仓”便已蒙混过关，于是又埋头苦读起来。不一会儿，SP又踢了我一脚，我马上意识到老师可能来了个回马枪。这次我可比上次熟练多了：掀开桌盖将书丢入SP怀中，抬头一看哪有老师的影子？再看SP，也掀开桌盖将小说丢入自己课桌当中，说了句：“自习课不许说话。”便埋头苦睡，任我怎样叫他也不理我，真叫人哭笑不得。

这样的事还不是最可恨的。有一天晚上因为我夜战古龙，第二天第一节课刚上不久，便趴在桌上昏昏沉沉，蒙蒙眬眬之中便听见有人打鼾，心想还有比自己更惨的，我只是打个盹儿——老虎还有打盹的时候呢！而那家伙却沉入南柯大梦乡了，不知迷糊了多久，就听见有人高喊我的名字，我猛地站起来，向四周一望，全班同学都愣愣地看着我。接下来，班里简直像炸开了锅，SP更是从椅子上摔了下去，趴在地上笑得前仰后合。我却不知所措，像块木头似的站在那里：发生什么事了？站在讲台上的老师开口了：“很好啊！一个睡觉，一个睁着眼睛打鼾伴奏，你二人的双簧表演得很生动嘛！”“打鼾伴奏”？好你个SP。我恨得咬牙切齿，却羞得满脸通红，SP，看下课我怎么收拾你。报复归报复，从那以后我上课再也不敢轻易睡觉了。

真想不出如果没有SP与我作对，我该怎样面对这枯燥无味的学习生活。一次SP生病没有上学，这一天闲得我从心里痒痒，从骨子里难受。不过令我欣慰的是，第二天SP带病上学，坚持与我“并肩作战”，而且丝毫不逊从前。

现在，我还保持着自习课看小说的习惯，而SP也保持着在不睡觉的情况下为我放风并时常提供假情报的习惯。这不，我正在苦读小说，SP踢了我一脚，我心想：老师刚走，又不会杀回马枪，现在想让我中计，没门。于是微笑着抬头看他，而我看到的竟然也是一张笑脸——老师的！

唉，“战友”SP，这次我可被你害惨了。

聊天室

“我”与“战友”SP之间所发生的种种故事实在有些让人忍俊不禁。两个活泼开朗的中学生的生活的确丰富多彩，只是不可放松学习哦！

同桌“冤家”

解佳丽

同桌的一大夙愿就是把我培养成一个安安静静、不多言多语、不无理取闹、不胡搅蛮缠、特有默契的“淑女”型同桌。无奈我让他的梦想彻底破灭，常常为一丁点儿小事与他吵个不休，还伴有小题大做的“哭天抹泪”。曾经哭过，笑过，争吵过，和好过，这是我们同桌一场一同走过的时光。

第一次做自我介绍的时候，我就有一种预感：那个挺帅的，剑眉下一双深邃明亮眼睛的男生，那个妙语连珠侃侃而谈的锋，一定会是我的同桌。后来可真的应验了！

同桌对自己的“酷”特有自信，他对我说：“同桌，你信不？要是给我一匹白色的骏马，再给我像中世纪骑士那样的长剑和盾牌，我一定可以成为全世界女生心目中的white-horse prince（白马王子）。”我颇有风度也十分洒脱地转过头微微一笑，赏给他一个字——“呸！”

其实同桌可不是徒有外表，他的第一个英语duty上演了大半节课，逗得大家“人仰马翻”。真想象不到，他是怎么创意出来的？！

同桌的一大夙愿就是把我培养成一个安安静静、不多言多语、不无理取闹、不胡搅蛮缠、特有默契的“淑女”型同桌。无奈我让他的梦想彻底破灭，常常为一丁点儿小事与他吵个不休，还伴有小题大做的“哭天抹泪”。同桌说我让他想起那首歌里的歌词：“明天你是否还惦记曾经最爱哭的你……谁遇到多愁善感的你，谁安慰爱哭的你。”通常我们吵架的形式是这样的——

“你脑袋是不是有包！duty时间长一点才有让人回味的空间！”他吼道。

“你脑袋才有坑呢！让大家看腻了看你怎么收场？！”我毫不示弱。

要不然就是这样——

“包脑袋，这次班会的主题歌由我们两个主持人一起唱吧！”

“坑脑袋，就你说话都跑调，还唱歌呢！”

可是每次不管吵得多凶，只要我发挥“特长——涕泪横流，他就得一脸无辜忙不迭地向前后左右解释：“这……这不怪我。”然后又低声对一脸得意的我劝道：“看在这么多年同桌的分上，你就别哭了！”看他那尴尬而又诚恳的表情，我也就“宽容”地警告他一句：“看在多年同桌的分上，就放你这一回！”

前座回过头诧异地看着我们：“多年同桌？你们同桌才几天呀？”这时，我和同桌异口同声道：“和他（她）同桌，度日如年！”哎，我们的默契怎么只有在吵架时才表现得淋漓尽致呢？说来也怪，就这样吵着闹着，一个个完美的duty剧上演了，一个个成功的班会得奖了，“黄金搭档”的美誉也得到了。同桌是好是坏呢？

其实别看同桌平时与我吵吵闹闹有时还惹我生气，让我流泪，不过关键时刻，他还真能表现出来一些骑士的侠肝义胆。我们一起策划新年联欢会那次，布置完教室，跑了几个音像店找磁带，写完台词，预演好已经是晚上九点多了，窗外早已是满天星斗了，车站上一个人也没有。同桌主动对我说：“同桌，我送你回去吧！”我们两家的方向南辕北辙，差不多有两个小时的路啊。“谁要你送？公交车多的是，我又不是胆小之辈，除了平时怕毛毛虫，什么都不怕！”其实我是不想让他过分劳累，嘴上还是很硬地说着，同桌无可奈何地摇摇头。

站台上我焦急又恐惧，还要若无其事故作镇静，猛一回头却发现同桌在身后：“你怎么还不走？！”

“怎么？车站你租下了？别人就不能在这儿吗？”

“你……”

半个小时后，车终于懒洋洋地开过来，上车那一瞬间同桌挥了挥手大声冲我喊：“忙了一整天回家别忘了吃饭！”车后窗，同桌骑车的背影终于在我的视线中消失了。那一刻，除了感动，我不知心中还有什么。

南风又轻轻地吹送，相聚的光阴匆匆。我依稀想起那首歌里经过我们修改的歌词："那时候天总是很蓝，日子却过得太快，虽说毕业遥遥无期，转眼就各奔'文理'。"最后一天同桌，我们沉默了许久。

"我们……再吵一次吧！"我说。

"好。"他停顿了一下，"你脑袋是不是有包……"

他话未说完，我就忍不住哭了起来，其实我真的不想哭，真的："哎，傻同桌，别哭了！等我们上了大学再同桌时接着吵……"

我不应该再哭了，应该绽放最灿烂的笑容给明天更美好的梦。

曾经哭过，笑过，争吵过，和好过，这是我们同桌一场一同走过的时光。同桌说得对，人生何处不相逢，等我们大学同桌时再接着吵吧……

聊天室

正所谓"不是冤家不聚首"，同桌之间的"你争我斗"其实丝毫没有恶意，恰恰相反，面对即将分离的现实，大家都有些不舍，毕竟同桌是一种难得的缘分嘛！

男生DUEK

慧萍

虽然不在一个班了，可我们还是抬头不见低头见的，每次在走廊碰到时迫于同学在身边，我便很淑女地冲他笑一笑。可他不吃那一套，一开口便是：“嘿，又胖了！”气得我差点儿滚下楼梯。我小声嘟囔着：“死Duek，你等着！”

“大靓——”

我转过身，看见操场那边一个人正边喊边向这边挥手。不容分说，我便以百米冲刺的速度向他跑去。“警告过你多少次了，不许再用这么土的名字叫我。操场上这么多人，你发疯呀你！”接着一记流星拳打在他身上。

“好了，好了，下次不叫不行吗？你真没欣赏水平，这名字多好听！你是女生呀！”他有些无辜地辩解着。

“好听！你让大家给评评理，这名字好听？满操场喊‘大靓’在找熊猫不成？”

就是这个样子，我和Duek，打打闹闹地过了两年。我们不在同一个班。我学文他学理。不过以前倒是同窗过一年，后来分文理科时才分开的。虽然不在一个班了，可我们还是抬头不见低头见的，每次在走廊碰到时迫于同学在身边，我便很淑女地冲他笑一笑。可他不吃那一套，一开口便是：“嘿，又胖了！”气得我差点儿滚下楼梯。我小声嘟囔着：“死Duek，你等着！”不过应该说明一点，别看我们每次见面都像冤家对头似的，其实呀我们是铁哥们儿。

平安夜那天，他送给我一只圣诞袜，里边还有一张贺卡。卡上面只不过是一些祝福的话，当然少不了譬如多吃饭、多喝水、胖一些之类的话，真拿他没办法。有时候我也怀疑自己是不是真胖呀！本来说好了平安夜一起出去玩的，不过没能实现。那天晚上我们班开烛光晚会，而他们班还要照例上课。我早早地就逃出来而他不行，所以那次我便和几个同学去娱乐城玩到很晚。其实我俩之间好多次说要一起去，末了什么都没能实现。因为我有我的安排，他有他的打算。有时他会对我说："走，喝酒去！"或者说："打台球，OK？"我也是欣然同意的。不过这些只是说说而已，过后大家便忘记了。再以后，这便成了我们见面打招呼的口头禅了。我俩心里明白，我们都不适合去那种地方，更不适合一起去。

有时中午没事了，我会去操场看他踢足球，倒不是特意去看。他也会有意无意地说："瞧见没有，你一来看球我就踢得特棒。"有时他还会叫一个男生，拍拍他的肩膀用特成熟的口气说："徒弟，还不快来见过你师娘！"搞得那个男生竟不好意思起来，唉！这Duek没事儿就会瞎胡闹，不过我也是见怪不怪了。

一天自习课，同桌莫名其妙地问我："Duek喜欢你？"

"你看他像吗？"

"那你喜欢他？"

"你看我能吗？"两个反问句倒把同桌给问蒙了。

"可你们的关系真的不错呀，而且……"

我听得不耐烦了，便说："谁也没否认我和他的关系好。噢！男女生在一起要么就是不说几句话的同学，要么就是那种关系？拜托你，现在都已经21世纪了，怎么还想不开！"同桌倒是无言以对了，不过话又说回来，有这种想法本不足为奇。像我和Duek这样一天嘻嘻哈哈，铁哥们儿似的交情倒不太正常了。

Duek过生日，我送给他一个草帽形的烟灰缸和一盒巧克力。Duek说："你挺浪漫呢，不过我不抽烟，送我烟灰缸干吗？"我说："看你上次教师节给老师一个打火机，以为你们男生都喜欢这类玩意儿呢。"Duek说把巧克力留到情人节分给老妈一起吃。要我说呀，他才够浪漫呢！

"嘿！ Duek！给你看一样东西。"我拿出一张纸条放在他面前，那是我刚刚称完体重，电子秤打出的——身高172cm，体重55kg，偏瘦。我还特意在偏瘦下面画上了红线。Duek瞅瞅纸条又看看得意的我，很认真地说："相信我，那秤一定出了毛病！"

"好哇！你还敢说，早就想和你算账了。嘿，你别跑……"

后来Duek对我说："其实你不胖，不过看你生气样子特逗。你呀，就太在乎别人说什么啦！"瞧瞧，现在我们一见面，他还是那句话："嘿，又胖了！"

聊天室

谁说男女生之间没有纯洁的友情呢？本文的故事就很能说明，这一点，其实男女生之间只要坦然相待，即便打打闹闹，也是很正常的"哥们"关系。

原来是你

郭艳霞

周末，在网上和网友无聊地扯着些似懂非懂的话题。其实我是在等凯上网，那次吵架是我的错，在网上见面不会太难堪。

和凯因为一件鸡毛蒜皮的小事吵架了，接下来的几天里谁也不理谁。

周末，在网上和网友无聊地扯着些似懂非懂的话题。其实我是在等凯上网，那次吵架是我的错，在网上见面不会太难堪。

“你好，今天的天空是灰色的，对吗？”一个陌生人。这里说话倒挺合我此刻的心情。我立刻把他视为好友。他的网名叫“缘来是你”。

“好个鬼啊，我的心比天还灰呢。”我说。

“怎么了？心情不好吗？”他说。

“是啊，我和boy friend吵架了。”我说。

“你们为什么吵架啊？”他说。

“奇怪，你问那么多干什么？我们吵架关你什么事？”我说。

“你火气蛮大的。你boy fnend对你不好吗？”他说。

这个问题总算问到我的心坎上了，于是我一个劲地数落凯的不是：“他啊……吵架的脾气比我还倔……”

“哇，你男朋友那么坏啊，那你们这次可没得救了！”他说。

“也不是嘛，其实我们吵架是我不对，如果他找我道歉，就没事了。”我说。

“小姐，你是不是霸道了？你自己不对还要别人向你道歉。”他说。

“我是有了点。但他总不能那么不关心我啊。”我说。

“是吗？那你希望他怎么对你？”他说。

“我希望他……”我说。

“他一定能做到。你在哪儿？”他说。

“你问这个干吗？想趁他不在绑架我啊？”我说。

“你怕了？”他说。

“废话！我会怕你！我在××网吧。”我说。

“哎呀，时间差不多了，我要去找我女朋友了，不然她会生气的。”他说。

“她好幸福啊，你对她很好吗？”我说。

“我对她好不好你以后就知道了，我该走了，再见。”他说。

“莫名其妙，我怎么会知道？你走吧，再见！”我说。

“缘来是你”下机了。凯还没有来上网，他也许想故意避开我，真过分！突然听到一个熟悉的声音叫我。我一回头居然是凯。

“你怎么了？”我故意板着脸。

他并没有我想象中的尴尬，反而扯着脸笑：“你出来一下。”

网吧外。

“上次的事对不起，你还生气吗？”他变戏法一般从身后拿出一大块巧克力，“你的天还是灰色的吗？”

我一下子顿悟了：“‘缘来是你’就是你啊！”

凯调皮地笑了。

我也笑了，原来是中了一个小小的圈套而已。

聊天室

朋友之间因为小事而产生了矛盾，时过境迁，虽然我们已经有意和解，却碍于情面又不好意思当面道歉，借助于网络来进行沟通倒是一个不错的方式。可以说，学会与人交往，就要学会在与好友发生冲突之后善于与对方进行沟通，以继续保持良好的人际关系。这是培养情商应有的内涵。希望更多的中学生朋友在和同学闹别扭之后，学会握手言和。

好男莫跟女斗

李威

发音最高的就是阿秀，这家伙虽然平日为所欲为，但因为泼辣凶悍，所以一般情况下男生都不怎么敢惹她们。我呢，也很少跟她们较劲儿。倒不是我怕她们，因为我始终认为：好男不跟女斗，跟女生过不去，别人会看不起的。

“好男莫跟女斗”是我长期以来总结出的一条经验教训，再说，现在的小丫头那么刁蛮，那么会整人，咱还真有点儿吃不消呢！

晚自习课上，教室里一片寂静。同学们大多数都在埋头苦干，教室里不时传来“沙沙”的写字声和“哗哗”的翻书声，同时也夹杂着隐约可闻的叽叽喳喳。不用说，一定又是阿秀带领她的那帮喽啰在说话！对于这个阿秀，我是咬牙切齿的恨。

眼见没人管她们，这帮女生更加放肆了，阿秀她们已把原来的30分贝渐渐提高到45分贝，并且没有停止的迹象。

“可能是不甘心被埋没的事实，所以她们需要发泄一下。”我想。其实我对这帮女生是很了解的，发音最高的就是阿秀，这家伙虽然平日为所欲为，但因为泼辣凶悍，所以一般情况下男生都不怎么敢惹她们。我呢，也很少跟她们较劲儿。倒不是我怕她们，因为我始终认为：好男不跟女斗，跟女生过不去，别人会看不起的。

可是，从后面辐射过来的声波却越来越强，我实在忍不住了：“无论怎样，这帮丫头太不知天高地厚了，得教训教训！”我清楚，不能跟她们死缠烂打，那样会丢男生的脸，男生的一言一行总要有点儿绅士风度才行。我暗暗准备好了一切。

正当我转过身，刚要把准备好的尖辣的训话说出口时，突然后门黑影一闪，身着黑西装的班主任已幽灵般出现在我身边，那双寒光闪闪的双眸就如黑夜里狼的眼睛，直射到我身上，那神情跟狼发现了猎物没什么两样。我知道自己是跳进黄河也洗不清了。

“李威，自习课为什么讲话？”

祸不单行啊，我被班主任抓了个现行。

班主任“收拾”完了我之后，轻轻地擦了擦他那因愤怒得意（说他愤怒是因我的“不肖”惹火了他，而他因没白浪费口水而又得意）交互替换而冒出汗水的脸，然后笑眯眯地用很平静的声音说：“同学们，现在举行班干任职仪式，由29号到42号同学出任班干！”而我的学号也在这中间。

从第一学期起，班主任便突发奇想：轮流当班干。官职是由大家自由选择的。当我发现只剩“劳动委员”这职位时，越想越觉委屈。在这关键时刻，班主任又来到我面前，微笑着：“怕了？我一向听说你是最能接受考验和挑战的。”

我最怕激，当场一拍胸膛：“我干了！”谁知这么一拍，竟拍出日后的许多烦恼来。

“当官”还不到两天，就从值周同学的手中接到一张纸条，严格地说是一份旨意，上面写着：你班负责学校C区的清洁任务……如不完成就扣你们班的清洁分。政教处。

当我把通知在班上念完之后，全班顿时像炸开了锅。阿秀首先叫喊：“为什么每次都由我们班负责？为什么小师妹不来代劳一下！”她的同党也马上附和：“对，为什么一代不如一代！”

喊叫声震耳欲聋，虽说我早有准备，但为了“以大局为重”，我只能强忍着阵阵声浪的冲击，对着大家只见嘴巴不见鼻子的脸，大叫道：“请大家听我解释！”但我的声音实在微弱。

我清楚，为了自己的面子，为了保持男士的绅士风度，自己不能够表现出丝毫的暴躁。要不然阿秀那丫头肯定就会钻空子。

最后的妥协结果是，我带头打扫，也就是说每次打扫卫生的时候我都要在场帮忙。搞完了清洁，我才发现自己已是大汗淋漓了。心里打了个寒战："下辈子再也不当男生……"

冬去春来，转眼已是阳春三月。郊外，山清水秀，别提多诱人了。

征得班主任的同意，我们决定去踏青，经过班级讨论，大家一致同意各自组成小组，为的是自由一点。临行时，班主任建议："为了安全，每个组至少有一个男生。"

又一次世界末日来临前的混乱。我竟鬼使神差地成了阿秀那几个的护花使者。"好吧！"我早已学会了逆来顺受，这次又能算什么呢。

人们常说六月的天，说变就变，其实，三月的天也是说变就变。在去的路上还是阳光明媚，到了下午却下起毛毛细雨来。我叫了一声不好，赶紧打道回校。

雨不停地下，泥泞小路，被雨水搅得稀里糊涂。我在前面领路，尽量走得平稳一点。阿秀她们几个可就惨了，衣衫尽湿，头发凌乱，穿着高跟鞋的双脚如跳迪斯科似的，整个看上去，像几棵在暴风中挣扎的幼苗。

"原来苍天还是有眼的，让我出了口恶气。"我暗暗得意。

阿秀她们也真犟，不喊苦也不叫累。

我走了不久，突然发现前面有一个十分陡峭的斜坡，泥泞不堪的路面如魔鬼的嘴巴，随时会把人吞下去。

"根据我的经验，"我想，"这些累赘要想到达坡下，除非用'懒驴打滚'的招式方能奏效。"

转过身，我正想调笑她们一下。迎着她们的双眸，我忽然觉得她们挺可怜的。

"让我来扶你们下去吧。"话一出口，我猛然一惊，自己怎会说出这种话来？万一遭到拒绝，岂不是很丢面子？

但事实并没有我想象的那么糟。

"好吧！"她们想也不想，爽快地答应了。

"连谢也不谢一声，"我心里气呼呼的，"难道我们男生生来就是为你们女生服务的？"

说出的话就如泼出的水。我违心地把阿秀的跟班小美第一个接下坡。

“这丫头，竟敢故意整我。”我发觉小美把身体的重量全压到我臂上，心里只有叫苦。为了不出意外，我不得不提起十二分精神来。我明白，为了维护自己的男士风度，不能表现得太窝囊。

当把阿秀接到坡下时，我再也顾不了那么多了，蹲在那里大口大口地喘气，恨不得把周围的氧气吸光。

突然，几方洁白的手帕一起递到我面前。“李威，谢谢你！”标准的大合唱。我蓦地抬头，触目的是几张各爬着两条蚯蚓的笑脸，我敢肯定，那肯定不是雨水的化身，而是女孩最宝贵的财富——泪水……

此刻，我的心里竟是暖的。

聊天室

几个女生虽然有些泼辣，有些放肆，也并不是无可取之处。李威同学的“倡议”倒是不错，男女生交往的过程中，男生就应该发扬风格，表现出良好的绅士风度，不要事事与女生一般斤斤计较。

一个脚印

李晓玲

急脾气的肖雨站起来厉声质问我，我连忙解释说虽然我是最后一个离开的，但是脚印儿绝对不是我踩的。又有人插嘴问不是你是谁？我说我在做题根本没有注意。大家不依不饶，你一言我一语，直气得我不知如何是好，索性把头埋在课桌上，一言不发。

那几天，唐老师病了，但是为了抓好高考复习，他坚持带病来上课，同学们心里过意不去，主动给唐老师搬来一把椅子，让她坐着讲课。

上第二节自习课的时候，男生肖雨突然发现老师的那把椅子上不知是谁踩上去了一个脚印儿。于是他大声嚷起来，质问大家究竟是谁踩上去的，并说是不是对老师坐着讲课有意见。

这么一来，犹如捅了马蜂窝，教室里嚷嚷成了一片。有人说一定要把这个人找出来，让他（她）当着全体同学的面承认错误。紧接着话题转到如何“破案”上来，不知是谁问了一声：课间是谁最后离开教室的？

听到这里，我的“刷”地一下红了，心脏也开始咚咚直跳，下意识地感觉到同学们的目光一起集中到了我的身上。

急脾气的肖雨站起来厉声质问我，我连忙解释说虽然我是最后一个离开的，但是脚印儿绝对不是我踩的。又有人插嘴问不是你是谁？我说我在做题根本没有注意。大家不依不饶，你一言我一语，直气得我不知如何是好，索性把头埋在课桌上，一言不发。

这时候突然有个同学灵机一动，提议让我脱下鞋子来印证脚印儿。肖雨一听来了精神，快步走到椅子旁，仔细观察了一番那个脚印儿，对我说，从直观的角度来看，你的可疑性最大，况且目前已经证明了你是唯一在现场的人。

这句不知从哪个鬼电影里学来的审判用语把同学们逗得哄堂大笑。而我却气得恨不得上前给肖雨一个大耳光。一怒之下，我刷地站了起来，大声嚷道："你们为什么污辱我的人格？到底是谁干的，请你站出来！"

我环视全班，却没有一个人站出来。教室里反而开始传出奚落我的声音，一种想破口骂人的冲动呼地出现在我的脑海里。怎么办？我自己问自己。此时此刻，最好先离开现场冷静一下，我知道我绝对不能混同于一个泼妇。于是我拿起书本离开了教室。

我在校园的花园里溜达了一会儿，美丽的花朵和婉转的鸟鸣使我平静了许多。我想起了爸爸常说的一句话，男人缺少的是心细如发，女人缺少的是胸怀万里。肖雨等人显然是感情用事的，理智不足，而我何尝又不是视野狭小呢？现在正是高考复习的紧张阶段，为这点小事搅得大家不得安宁有什么意思？不就是一个脚印儿嘛，自己担起来又有什么了不起。至少有一个人知道我还是有一点胸怀的，并且他现在和我一样心里一定很难受。

于是我很快回到教室，平静地对大家说脚印儿是我踩的，现在我把它擦掉，谁还有什么意见请批评吧！不过我声明一点，我百分之百地肯定这个脚印儿丝毫没有不满老师的意思。教室里一片寂静，再也没有人站出来"批斗"我了。

原本以为事情到这儿就算完了，没想到，片刻之后，身后开始传来一个女同学低微的抽泣声。

她摇摇晃晃地站起来哭着承认：对不起，那个脚印儿是我擦黑板时够不着踩上去的！

水落石出。

肖雨沉默了一会儿，夹杂着一丝悔恨尽量用低柔的声音劝道：不要哭了，不就一个脚印儿吗？

而我，也笑了。

聊天室

正如作者所说：男人缺少的是心细如发，女人缺少的是胸怀万里。老师椅子上的脚印儿成了交锋的焦点，通过这件事，我们认识到，凡事应该三思而行，不能单纯依靠主观判断来认定事物。再者，即便被人误解，也要心胸开阔，不能在一件小事上苦苦纠缠，影响自己的心情和学习。

不是我说你

柯秀华

第一天班Sir点名点到她的时候，我就想报复她，当时嘿嘿了一声，小声说："冬瓜！"不料，被坐在我前面的她听见了，她竟站起来打断班Sir说："对，就叫冬瓜，初中时同学都这样叫，我喜欢这个外号，很亲切，大家都可以叫啊！"说完后，她转过身来朝我一笑，我当时尴尬极了，赶紧低下头去。

第一次跟林雪扯上瓜葛，我就恨死她了。

那是高中军训的第一天。那天的太阳格外恶毒，似乎特意跟我们这些新生过意不去，晒得我的玉臂都有点儿生疼了。我们的教官长得很帅，黝黑黝黑的，刚刚见到他的时候，我甚至觉得有点儿喜欢他了，可是现在我觉得他一点都不可爱，我们正在他尖利的吆喝声中集体做仰卧起坐呢！

"一、二、三、四……"他喊一个数字，大家做一次，都喊到快30了，可恶的教官还没有暂停的意思，人群里已经有了低低的"哎哟"声，那讨厌的汗水都快要把我的眼睛糊住了。

"30，"就在教官喊了这个数字之后，我拼力去做这个动作，"嘭"的一声，我的腰带断了。

"我的腰带断了！"我提着裤腰站起来对教官喊，引起大家一阵哄笑，但我可不顾及这些，我想这回我可以坐在旁边的树荫下休息了。我甚至有点感激我的腰带了，庆幸它断得正是时候。

未等教官在大家的哄笑声中开口，人群中站起一个白白胖胖的女孩，一头短发，很男孩气地对教官喊：“教官，我的腰带借给她！”

“那你怎么办？”教官问。

“我人胖，腰粗，可以不用腰带！”又是一阵哄笑，好像有几个女生已经笑瘫在地了。 胖冬瓜，谁要你的腰带啊！好讨厌啊，不知道人家正想休息吗？谁要你这时候学雷锋啊！ 我心里只觉得丧气，好不容易逮住个机会，这下算是完了。

腰带从人群中递了过来，我拿过一看，哈，还是佐丹奴的，怪不得她那么粗的腰都不断。

“教官啊！这腰带没适合我腰围的孔啊！”我故意大声朝着教官喊，这次全班都笑倒了，教官原本严肃的脸上也撑不住了。

我刚说完，那个胖冬瓜竟然从人群中窜到了我的眼前，三下两下就将腰带给我系好了，还没忘了对教官认真地说了句：“可以的！”

我一下子就厥倒了，这个胖冬瓜，不是我说你，你怎么……唉！

后来得知，借我腰带的胖女孩叫林雪，第一天班Sir点名点到她的时候，我就想报复她，当时嘿嘿了一声，小声说：“冬瓜！”

不料，被坐在我前面的她听见了，她竟站起来打断班Sir说：“对，就叫冬瓜，初中时同学都这样叫，我喜欢这个外号，很亲切，大家都可以叫啊！”说完后，她转过身来朝我一笑，我当时尴尬极了，赶紧低下头去。

这个胖冬瓜，我心里暗暗叫骂，不过开始有点儿佩服她了。

我后来还她腰带时，顺便送了她一袋粽子糖，这是妈妈的主意，糖也是我妈去上海出差时带回来的。冬瓜很高兴，拍着我的肩膀说：“好人有好报啊！”一句话说得我一脸的滋润，我当时真的很想说出那天的事情来，但话到嘴边忍了忍，想想还是罢了。后来知道她家就在我家附近，冬瓜便每天改道在我家的楼下喊我，比我的史努比钟还准时。

“晓玉——晓玉——”有时候她在我家楼下死喊，我就是不答应，她就开始“懒猪，赖床猫”之类的乱嚷嚷，我每每会在这时冲出楼道，和她一路追打着冲向学校。

自此，我和她成了结结实实的死党。

我们上学放学肩傍着肩，说起悄悄话来头抵着头，更有趣的是我和她学号相连，成绩在班里的排名总是两不相离。

老班每每碰见我俩总说："这两个丫头好得要穿连裆裤啦！"

今年夏季高考，是我和冬瓜的黑色季节。考前的一段日子，我们几乎很少打闹了，每次她打电话给我，我总是唠叨："接电话都是浪费啊！"

那天在考场上见了，我贴着她的耳根说："我有个减肥的秘方！"

她急切地问："什么？"

"高考啊！"我嘻哈着走了。走到门口，返身做了个V的手势给她，她点点头，只有我清楚，我俩都报了N大。

录取结果在晚报上公布了，我没有发现冬瓜的名字，打电话给她家才得知，她早已知道了结果，回乡下舅舅家去了。

我上学即至，夜夜能梦见她，但到临走时还没有她的音信。离家的日子到了，我在家人的陪伴下到了火车站，离别的滋味难以言表，没有见到她我更是怅然若失。

就在火车启动的那一刻，冬瓜鬼魅一样突然出现在我的座位窗前的月台上，那胖胖的手将一袋粽子糖递给我。

"不要忘记吃糖哟！"她嘿嘿地笑着。

我的泪一下子涌了出来。唉，胖冬瓜，叫我说你什么才好呢？

聊天室

腰带是晓玉和林雪之间矛盾的开端，也是友谊的起点。中学时代，同学之间的交往是那么单纯，但却让人回味无穷。

那个野蛮女生

邵迪凹

我马上又赔礼又道歉又要张罗着为她去买饭，以弥补自己的过失。幸亏我有三寸不烂之舌，她的气也消了大半。最后，她抢过我手中的饭盒，咬牙切齿地瞪了我一眼，强忍着怒火拉长声调喊了一声我的名字，然后悻悻地离去。她身旁那三个女生冲我很不屑地"呸"了一声也转身离去，好像我是臭虫似的。

我是个地道的足球爱好者。中考过后，我死缠烂磨，总算硬逼着老爸将我塞进了这所高中，不是因为它是重点，也不是因为校长和我老爸是同学，只是为了那块令我魂牵梦绕的足球场。

开学第一天，我就做了两件惊天动地的事，令我在学校名声大振。

那天中午，我穿着一件新买的球衣在球场上横冲直撞、势不可当。当我凌空一脚将球远远射出之后，却听到了远处一位女生的惨叫。我跑过去一看，不禁目瞪口呆——我的球正好砸在那个女生的饭盒上，饭菜撒了一地，而这位女生恰恰又是老师上午安排给我的同桌。

此时，她正恶狠狠地盯着我，足有一口将我吞下之势。

见此情景，我马上又赔礼又道歉又要张罗着为她去买饭，以弥补自己的过失。幸亏我有三寸不烂之舌，她的气也消了大半。最后，她抢过我手中的饭盒，咬牙切齿地瞪了我一眼，强忍着怒火拉长声调喊了一声我的名字，然后悻悻地离去。

她身旁那三个女生冲我很不屑地“呸”了一声也转身离去，好像我是臭虫似的。

这是其一。

其二，我也弄不明白是怎么搞的，短短的一个中午，我竟把教师办公楼上的玻璃踢破了三块，简直可以写进吉尼斯世界纪录了。和我一起在球场上的哥们张三、李四、王五笑得像狗一样满地打滚，当政教处主任在球场边歇斯底里喊我时，他们依旧像狗一样坐在草坪上狂笑，我也学着那三个女生的样子向他们三个“呸”了一声，然后，昂首挺胸大义凛然地走向政教处主任，唉！可怜我壮士一去兮不复还，就这三个臭虫还能振什么足球雄风？

走进政教处办公室，一种肃穆立刻包围了我。墙上贴的那些密密麻麻的学生守则，让我马上联想起电影里常出现的八个大字——坦白从宽，抗拒从严。

办公室有两个人，除了主任还有一个低头吃东西的女孩，当我抬起头时差点儿晕过去——原来是被我打翻了饭盒的新同桌，真是冤家路窄，我说一进来怎么就感觉到她有点儿面熟呢！她见我这副备受打击的样子，好像猜出我是闯祸了，只见她眼睛一亮，嘴角随即掠过一丝幸灾乐祸的笑容。

政教处主任把我从头到脚一番数落，说我不爱护学校，没个学生样子，没教养……好像教训完那些破碎的玻璃就会自动补上似的，而我也将一劳永逸地被送进少管所，不再在这个学校惹是生非。

这时，只见那个女孩站了起来，走到政教主任的身边，拉着他到窗边一顿小声嘀咕。我的妈呀！难道她要撺掇政教主任对我从严处罚？这下我算是彻底完蛋了，一时之间，我的心沉入了谷底。

他们嘀咕几句后，政教处主任走了过来，他说：“明天把玻璃的钱带来就可以了，你走吧！”

我愣了半天，还以为他会处分我，便主动承认错误，大表决心，主任有些不耐烦地挥挥手说：“走吧，走吧，快走吧！”似乎想把我轰出门外，我只得意犹未尽地溜了出来，背后留下她一脸诡秘的笑。

过了几天，我交了钱，果真政教处主任没再找我麻烦。

我也明白过来那天她并没有恶意，是她救了我，我这人虽说成绩不尽如人意，但一向是以义气当先行走校园的，因此，我决定报答她，我可不想亏欠一个小女生什么。

班里这时正要进行班干选举，竞选班长的除了她还有一个成绩较好但品质却不怎么样的男生，那小子叫“阿龙”，我特讨厌他。

选举那天，我竭尽全力为她摇旗呐喊，联合张三、李四、王五等一批有识之士推举她，最终她以绝对多的票数当上了我们班的班头。当时，我忍不住高呼起来：“班头万岁！班头万岁！”

她在旁边拉我，说这样不好，叫我停住。

我正在兴头上，岂能轻易罢休？

她急了，一个劲儿地叫：“邵迪凹下来，邵迪凹下来……‘烤地瓜’下来！”直至全班同学一片哄笑时，我才听明白，原来她那不标准的普通话竟把我喊成了“烤地瓜”，自此我发誓：坚决不吃烤地瓜。

阿龙那帮家伙跟打了败仗的逃兵一样垂头丧气地走出了教室，我能感觉得到他们的后背都在喷射着怒火，阿龙走到门口时还轻蔑地扔给我一个仇恨的眼神。

她觉得有些不对劲儿，便推推我说：“烤地瓜，你看他们……”

我毫不在意地说：“没事！胜者王侯，败者寇嘛！”

几个星期的学习之后，我才逐渐了解到旁边这位同桌学习是怎样的优秀，不仅如此，她还将班级管理得井井有条，令班主任大加赞赏，这不能不让我有些佩服。虽然我嘴上不说，但坐在这样一个优秀的女孩身边，我还是感到既骄傲又幸福。

不过，骄傲归骄傲，幸福归幸福，我呢？依然视足球为生命，下课后就直奔球场，踢他个天昏地暗、大汗淋漓，再和张三、李四、王五一起坐在草坪上像狗一样狂笑，将什么考试、上课一些让人心烦的玩意儿坐到屁股底下，忘得无影无踪，甚至有时候，我的大脑中只剩下这个让我爱得死去活来的足球场。

我甚至对哥们儿几个说过：“干脆！咱们死了就葬在这里算了！”

他们听完我的话说我不是烤地瓜而是一个大傻瓜，紧接着便是一阵令我捉摸不透而有些恐怖的狂笑。也总是在这时，她气喘吁吁地跑到球场边，像政教处主任一样歇斯底里地喊我：“烤地瓜——上课了！”

一听到她的话，我马上站起身来回到现实世界，乖乖地跟她一起回到教室上课，不知为什么，我有点儿怕她。

本以为我的生活可以这样无忧无虑地随意下去，可是却偏偏发生了另一件事。

一天放学后，我踢完球带着一身臭汗回到教室，刚走到班级门口我就清晰地听到教室里传出阿龙的声音："她不就是有个校长老爸吗？当上班长有什么了不起的？还有那个白痴烤地瓜，前呼后拥的，那傻小子准定看她是校长的女儿才他妈的跟着瞎起哄……"

我大吃一惊，原来她是校长的女儿，怪不得当初能把我从政教处那个虎口中拔出来，可她却从没说起过。阿龙他们接着说："你看烤地瓜那样儿，唉唉唉……纯粹是个狗腿子。"

什么，说我是狗腿子？是可忍，孰不可忍！气得浑身毛孔都张开的我一脚把门踢开，指着阿龙大叫："你们说谁是狗腿子？"

"你，你，就是你！"阿龙理直气壮地指着我。

我抓起足球狠狠地扔了过去，正好打在阿龙的眼镜上。于是，我便和阿龙他们打了起来。头脑发热的我竟忘了当时的我是孤身一人。这下我可有苦头吃了，他们四个打我一个，一时间我这个"烤地瓜"成了"烂地瓜"。他们把我从走廊打到楼梯，也不知道我是被打晕了头脑不清醒了，还是因踢了一中午的球体力不支，我的脚竟然不听使唤，一不小心从楼梯上滚了下来，左脚跟着便是一阵令我一辈子都忘不了的疼痛……

我在医院躺了一个星期，左脚打上了石膏，又像木乃伊一样缠上了一层层白布。回到学校那天，我是拄着一个像船桨一样的拐杖一瘸一拐走进校门的，随后，我又一瘸一拐穿过那个让我爱得死去活来的足球场，想想我曾经横冲直撞、势不可当的情景，再看看如今自己这副走路还要请人家木头大哥帮助的模样，真是感慨良多啊！

哥们几个看见我都跑了过来，我瞅瞅他们不由得惭愧地低下了头，我知道自己是多么狼狈，多么可笑。但是，他们谁也没有笑，只是陪我走进教学楼。大厅里贴着一红一白两张大榜，红榜是考试成绩，同桌位居学年榜首；白榜写的却是关于我的事了，上面说打架虽说是我先出的手，但是我受伤最重，所以，整件事是阿龙等人殴打同学，给予处分，并负责我的医药费。

她从楼上跑下来，问我怎么样了，我不好意思地摇摇头说："我是男生嘛，没事的！"

没事倒是没事，只可惜我再也不能踢球了，也不能又蹦又跳了，上课下课都像个受虐待的儿童。我也时刻告诉自己：我身边坐的是校长的女儿。

她每天帮我去食堂买饭，把那些我学习上落下的玩意儿捡起来，从我的耳朵灌到我的大脑里去。班里的女生面对我这样一个曾经好动得像个猴子而如今又成了瘸子的"烤地瓜"，总是忍不住会被我的狼狈相逗得笑出声来，而她却从不笑我，也不计较我以前对她的不良做法，很热心地帮助我，使我感动得不知说什么好。我一想到自己这副要一个女生来照顾的样子，恨不得马上跳进黄浦江里淹死算了，这多丢人。

初冬的一个早晨，我正在与一群函数殊死搏斗的时候，她从门外哆哆嗦嗦地走进来，手里拿着一块用纸包着的冒热气的东西，她来到我旁边坐下后把那东西递给我，说："刚买的，热的，快吃吧！"

我打开包装纸一看那东西，不禁心头火起，原来是一个黑里吧唧的烤地瓜，外皮上好像还有零星的泥，脏兮兮的。她明知道我的绰号是"烤地瓜"，今天还要买烤地瓜给我吃，这明摆着是在取笑我，往我这颗伤痕累累的心上扎刀子嘛！我把地瓜推到一边说："你留着自己享用吧，我可是从来不伤同类的，再说……"我撇撇嘴，做了一个呕吐状。

她似乎看出我的不快，便说："我并没有恶意，只是想告诉你其实烤地瓜是很好吃的！"她边说边把地瓜递给我，又用手把地瓜皮剥开，里面黄色的地瓜肉冒着诱人的香气往我的鼻孔里钻，搞得我不禁心生摇曳，可是，我肚子里的馋虫刚蠢蠢欲动便被那虚伪的自尊赶了回去，我依旧不为所动。

她接着说："虽然说地瓜的外表不好看，它的皮有点儿脏，有点儿丑，可是却有许多许多人喜欢吃它，不都是因为它的味道很好吗？如果仅仅因为它的外表不好看而就忽略了它甚至丢弃了它，那不是一件很可惜的事吗？你说是不是？"

听了她的话，我掰了一块放进嘴里，很香甜地嚼着，然后脸上漾出那种令人猜不透的诡秘的笑，目光里有一种善意的期待。

我恍然大悟，这才明白了她的良苦用心，我接过一块地瓜塞进嘴里，确实很好吃。她说得对，重要的是味道，而不是皮，不去试着做，怎么能说不行呢？

也许我真的该好好检讨一下自己了……

我的脚好了，我依然每天穿过那片我曾经爱得死去活来的足球场，我也逐渐懂得了我进这所重点学校不光是为了这个足球场，还有更重要的——学习。

转眼间，文理分班了，令人庆幸的是我和她都选择了文科班。而此时我的学习成绩也正如初夏的气温一样稳步上升。分班的第一天，我在校门口遇到了她和校长，她要向校长介绍我，校长说："不用了，我早就知道了你这个小有名气的人物，唉，你怎么就不像你爸呢？"

她接过话头，说："当初不是看在邵叔叔的面子上，我才懒得和你同桌呢！"

我嘿嘿地笑了。

我心里一直弄不懂当初她在政教处主任面前说了什么，便问她，她倒是很随便地说："我没说什么呀！我只是说这小子有多动症，神经还不正常，没了。"

"啊？你竟说我这个。"我气得差点儿没背过气去。这时，上课的铃声响了，很悦耳。我和她，和这个校长的女儿一同走进了教室。

哈！新任班主任又把她和我安排成了同桌。哈哈，看来你这个臭丫头是逃脱不了我的魔掌啦！

聊天室

同学之间产生矛盾是一件很正常的事。可关键在于我们如何去处理它。如果像男同学之间因为有矛盾而大打出手，矛盾就会恶化；如果像对待女同学那样化干戈为玉帛，矛盾就会消除，友谊便会产生。

做个麻辣淑女

汪琼

“算了吧你！一年级我抓了一条虫放在你文具盒里，你却捉了一文具盒的虫放在我被窝里；三年级我把你的凳子涂满胶水，你却把我按上去；初三我刚在薯条上挤好番茄酱，你就说我欺负你，连吐几口唾沫，还说你吃不成我也甭想吃。到底谁欺负谁？”嘿，这家伙，记得倒蛮清楚的。

说实在的，我恨不得立刻掐死臭小子韩琴。这家伙居然当着那么多人的面叫我的小名“咪咪”，不知道的还以为谁家的猫丢了呢！我加快脚步，暗求老天保佑我赶快逃脱他的势力范围。

不要搞错了，韩琴的名字虽然有点儿女性化，但他却是个地地道道的男生，我打一万个包票，这绝对没错。

要说，他和我是青梅竹马的好朋友，我们从啃手指头的时候就在一起了。从小到大，我没少受他欺负，比方说，一年级他把毛毛虫放进我的铅笔盒，三年级把我的凳子涂满胶水，初中去吃KFC，他竟然趁我不注意，把番茄酱全挤到自己的薯条上……他做的坏事，简直罄竹难书。

这不，刚到这所高中，他就揭我的老底，叫我的小名，还是这么容易引起歧义的小名。就这样一个彻头彻尾的坏蛋，还把那些小女生大姐姐迷得跟什么似的，才开学一个月，那些花痴就管他叫“小琴琴”，还捏了腔，故意走音念成“小亲亲”。我的鸡皮疙瘩都六月飞雪了，韩琴居然还冲我得意地抛媚眼！

偏偏老妈还没看穿韩琴的本质，这不，又在这里唠叨开了：“你看你，哪像个女孩子样，都上高中了，还不知道注意一点。你也学学人家小韩，又懂礼貌，学习又好，人长得也帅，你……”

我赶紧打断老妈的唠叨，不耐烦地说：“拜托，老妈，我已经给你说过N遍了，懂礼貌只是在你跟前，他学习好不关我事，我们班比他们班好多了，再说了，长得帅好像不是他努力的，是他爹妈给的。”

我敲敲老妈的额头，正想对她进行继续教育，门却开了：“阿姨好！阿姨今天真漂亮！我妈今天有应酬，又要麻烦您了。阿姨，我们明天没课，我来帮你打扫卫生吧……”地道的马屁精一个！

“不用不用。”老妈顿时绽开了笑脸。

“咪咪呀，我作业还没做完呢，不介意我和你一起做吧！”臭小子谄媚地笑着。

“好吧好吧，你们先做作业，我去做饭。”看来马屁精的糖衣炮弹没白费。老妈也真是的，让我们孤男寡女共处一室，也不怕女儿吃亏。

“咪咪，我今天怎么越叫你跑得越快呀？”

“我警告你，不准再叫我的小名，否则，要你好看！”我曲起手指在他头上弹得嘣嘣响。

“为什么呀，咪咪？你不说出理由我是不会答应的！”这家伙竟敢威胁我。

“咪咪，跟叫小猫一样。你看在我从小到大一直任由你欺负的分上，就答应我吧！你看，我一年级……”

“算了吧你！一年级我抓了一条虫放在你文具盒里，你却捉了一文具盒的虫放在我被窝里；三年级我把你的凳子涂满胶水，你却把我按上去；初三我刚在薯条上挤好番茄酱，你就说我欺负你，连吐几口唾沫，还说你吃不成我也甭想吃。到底谁欺负谁？”

嘿，这家伙，记得倒蛮清楚的。

“那你说，要怎样你才肯答应？”软硬都不行，只好举白旗了。

“这样，我考虑考虑……这样啊，你要是能够做淑女，和你的名字相配，我自然就叫你的名字了。”他诡异地笑着。

什么什么，这不是要我的命吗？淑女？一步三晃，单手扶额，讲话慢吞吞，我可受不了。“不行啊？如果实在为难的话，那我也没办法了。啊？就这样了，咪咪。”

“不就是淑女嘛？有什么难的？”

第二天正好是星期天，跑到理发店把头发染黑了，梳了两根辫子垂在肩头。韩琴到“淑女屋”帮我挑了一套粉红的裙子，蕾丝层层褶褶，漂亮是漂亮，不过价钱贵了一点。管他，韩琴的老爸是大老板，平时儿子多数在我们家吃饭，就当是这16年的饭费吧，谁叫他让我干这么难办的事儿呢！

到了班里，几乎每个人的嘴巴都张得比鸡蛋大。“关心”也随之而来。

“可儿，你不是发烧了吧？”同桌伸手来摸我的额头，我本来要打开她的手，想起自己是淑女了，只好任由她放肆。

“可儿，你的耳钉都到哪里去了？”

“可儿，你还能不能教我们跳现代舞？”“可儿，可儿”的声音叫得我头都大了，恨不得大叫一声让她们闭嘴。可是，我是淑女嘛！我堆起笑脸，轻声慢语：“耳钉在家里，如果你们不反对，我会继续教下去……”天哪，做淑女比做辣妹辛苦多了。

做淑女很辛苦，但有一点却最大地满足了我的虚荣心。那就是，我被评为班花，走到哪里都有尾随的目光，一向对我皱眉头的班主任都充满笑意地看着我。

班主任被我们称为“老铁”。一是他很严厉，是所有老师中最不给学生留情面的一个；二是他足球踢得不赖，赶得上半个李铁，每年的校际联赛都是他大出风头；三是他带的班，从来没考过第二名。

“老铁”是个死板的人，不似韩琴那般花花公子。据说有个学姐写了封情书给他，他竟在课堂上当范文念了出来，还改出错别字三个、语句不通四个。尽管他没点名，那位学姐的面子也保存了下来，但从此以后再也没有女生敢轻举妄动了。

我做淑女做得那么辛苦，韩琴倒是逍遥自在。今天载这个MM回家，明天送那个姐姐上课。把我一个人晾在路上，还美其名曰“练习走路”。说什么古代的女子为了要走得像大家闺秀，还在裙子上绑个铃铛，走路的时候铃铛不响才算合格：呸呸呸！我又不想做大家闺秀，为什么要练习走路？

我一代侠女凌可儿可不是任人摆布的。哼哼，计划好了，马屁精、害人精韩琴你这次死定了！

最后一节自习，我借口肚子痛，请假上厕所。前瞅瞅，后看看，没人。偷偷溜到车库，天助我也，韩琴那橘黄色的山地车正在第一排，悄悄潜过去，拔下气门。“嘶嘶”的漏气声简直像最美妙的音乐，让人陶醉其间。

“凌——可——儿！”突然有人叫我。

“真讨厌，没看到人家正玩得高兴吗？”我越说声越小，好像，好像是班主任“老铁”！不会吧？韩琴的自行车今天坏了，那这辆是？“老铁”的？我倒抽了一口冷气。

没办法，我只好把韩琴供了出来，说是他让我这么干的。

韩琴还算讲义气，说他怀疑自行车的气门芯坏了，让我检查一下，谁知他竟然忘了自己没骑车，害得我被连累。“老铁”半信半疑地看了看我们，罚我们当了一个星期的车库管理员。

本小姐是不会这样自认倒霉的。听说他们班和我们班要搞一场篮球友谊赛。这次我一定要让韩琴出丑。一般球衣是学校发的，比赛那天才能穿。同桌果然没有辜负我对她的期望，她郑重地告诉我：韩琴将会穿10号球衣，绿色的。

我真是佩服自己的聪明才智，没有轻易相信马屁精的话，还说他会穿11号，蓝色的。幸亏本小姐够聪明，及时识破了他的诡计，派了个探子轻而易举就摸清了他的底细。

比赛那天，我装作关心他的比赛，在同桌的协助下顺利将一只猪头画在了球衣上。然后踩着小碎步，摇着粉红的手帕，笑里藏刀：“韩琴呀，好好表现哦！”

嘻嘻，等着看好戏了！

“谁在我的球衣上画了一头牛？我怎么穿啊？”一声咆哮传来，怎么？好像不是韩琴。不会又弄错了吧？

我的天哪，真是拔牙拔到老虎身上了。穿10号球衣的是我们班外号“大块头”的男生。同桌溜得比我还快。真是，也不知道她这个探子是怎么当的，号弄错也就罢了，连颜色都错了。要是被他们发现，我们岂不成了卖班贼？

“也许，是你们班女生希望你像公牛队一样大获全胜呢。”韩琴朝我挤挤眼，俯过来，说，“太差劲儿了，连猪都画不像。”

咦？他怎么知道我要画的是猪，一定是同桌见色忘友出卖了我！

天气渐渐凉了，我终于脱下了裙子，换上了原来的牛仔裤、黑毛衣，把头发扎得高高的。韩琴不时提醒我要注意自己的诺言。我理直气壮地告诉他：我们学校的元旦晚会，我还要代表班级参加呢！我跳的是现代舞，你不会告诉我要穿淑女裙跳吧？也不用在衣服上系铃铛吧？

演出很成功，我们的节目获得了最多的掌声。

跳下舞台，韩琴递给我一瓶可乐：“可儿，你跳得真好。”

“那当然了，看在我这么出色的分上，要不要把淑女戒了？”

“是该戒了！”

我真想抱住他亲一口，哈哈！这段日子可把我憋坏了。

“不过头发还是黑色的好，耳钉钉多了会发炎，你平时走路要慢慢走，不然我跟不上……”

真麻烦！不过，做个麻辣淑女，好像也不错哦。

聊天室

同学之间自小打打闹闹，进了中学依旧闹得不亦乐乎。这的确令人羡慕。男生韩琴虽说动不动用“咪咪”这个小名来要挟“我”，但是这种野蛮中却透着一份可爱，一种温馨。

我的野蛮同桌

王淑琴

唉，伸手不打笑脸人，就给她一块吧！再怎么说我们也是同桌嘛。不过，这么无耻的人我还是第一次见。“真好吃，真好吃，以后有好吃的多多孝敬我啊！”她将块巧克力吸得唧唧响，还不忘讲出这么一句。我心想，遇到这样的同桌真是倒霉透了。

高中生活第一天，分座位的时候，老师指着窗户旁边的一个空座对我说：“你先坐那儿吧！”

我朝老师所指的位置看过去，见空座儿的旁边有位短发女孩双手托着脑袋，眼睛蝌蚪一样盯着我。我走过去，友好地朝她微微一笑，然后坐下来。她扭过头来盯着我，突然冒出一句话来：“你那么矮，凭什么和我坐在一起？”

我一愣，随即回了她一个白眼。

分完座位，老师走后，同桌便吆喝着：“小矮人让开点，我要出去！”离开座位，她便在新同学中到处找人说话，不一会儿便混熟了一大片。

回到座位，她笑嘻嘻地问我：“小妹妹，我叫水水，做个自我介绍嘛！”

我正烦她呢，当即没好气地说：“没什么好介绍的！”

“啊！你有巧克力啊，给同桌一块啊！”她谄笑着伸出手。

唉，伸手不打笑脸人，就给她一块吧！再怎么说我们也是同桌嘛。不过，这么无耻的人我还是第一次见。

“真好吃，真好吃，以后有好吃的多多孝敬我啊！”她将块巧克力吸得唧唧响，还不忘讲出这么一句。

我心想，遇到这样的同桌真是倒霉透了。

水水本名杨江水，日子久了我才渐渐了解了她的个性，其实她那样并非刁蛮任性，只不过是个男孩气十足的美眉。吃起东西来全神贯注，见到帅哥呼天抢地，还喝啤酒，喝醉时豪情万丈，常会拎着空酒瓶对我说："有我做同桌，你什么也不用怕，我罩着你！"动作夸张搞笑，弄得我捧腹不已。

有人说：两个女生就像两个冰激凌，一不小心就会融到一块去。这话不假，听听她说"我罩着你"这句话的口气，你就知道我俩现在有多"铁"。

是的，我长得矮小，她平时很照顾我，做卫生、打开水之类的事她总"罩"着我。当然她也有"罩"不着我的时候。

那天上政治课，"秋老虎"的天气让教室里闷得像个大蒸笼。伴随着政治老师嘴巴一张一合奏出的催眠曲，我在蒙眬中来到了KFC。哈！我看见山姆大叔笑嘻嘻地递给我一个鸡柳汉堡。哇，那个汉堡看起来很好吃，待我流着口水去接时，头被敲了两下。睁开眼睛，汉堡不见了，我正要发火，一个熟悉而恐怖的声音传来："同学，该起床了！"

我被政治老师逮住了，被勒令到走廊上罚站。

太阳肆意地炙烤着我！正在我苦苦煎熬的时候，身旁的那扇窗户被推开了，递过来一袋伊利牛奶。啊！是水水，她趁政治老师写板书的间隙偷偷"罩"我，她很快地朝我微笑了一下，转过头去若无其事地继续听课，幸亏没被发现，我心里咚咚跳，我正渴得要死呢，她这下可谓是雪中送炭啊。

我喝着甜甜的牛奶，心一下被融化了。

后来读《简·爱》，看到简在吾德孤儿院受罚时海伦用微笑安慰她的那段，不知怎么的，我立刻记起了那次罚站，一种感激的心情从心底慢慢溢出。

学校的秋季运动会开始了！校园广播里的运动员进行曲将整个学校都搅热了。

那天是同年级两个班的排球赛，水水拎着两瓶纯净水，拉着我去操场观战。操场上人声鼎沸，我和水水从人堆中挤进去，看见参赛的球手中有几个帅哥，她高兴得哇哇大叫，全然不顾旁边别人的白眼。

突然间一个白色的球体急速朝我们这儿飞来，是蓝方班级的扣手"砸"过来的。大家全闪开身了，只有水水心无旁骛地看着帅哥，全然没有顾及这个飞来横“球”。球越飞越近，眼看着就要砸着水水了，我一急，伸手打飞了球。

“哇！怎么了！”浑然不觉的水水这才回过神来。

“去死吧你！”没有接到球的队员恶狠狠地丢下一句话给我。随即，球赛结束了，我才知道，这个球是红方至关重要的最后一球，红方因为我的出手而输掉了比赛。以至他们一片诅咒声。

赛后，身处红方班级的好友告诉我，他们班有男孩要报复我，我听后有点儿紧张，告诉了水水。

水水安慰我说：怕什么，有我罩着你！随即冲进了红方的教室，站在讲台上大声威胁：“……谁敢动她……”嗬！她那气势汹汹的样子吓得红方班级里鸦雀无声。

从教室出来，她又找到他们的班主任，班主任知道详情后再次警告了那些蠢蠢欲动的家伙，后来我平安无事。

这些是我后来知道的，我心里真是有点儿佩服她，这家伙这次总算“罩”着我了。

那次“威胁”事件后，水水全校闻名，那个输球的班里有位帅哥竟然喜欢上了水水这个野蛮女子，偷偷写了一封情书给她。水水知道是那个校草级的帅哥后，有点儿激动又有点儿炫耀地将情书给我看。

在一些肉麻兮兮的情话后面我看到了一个让我心惊肉跳的署名：振东！振东可是我喜欢的邻家男孩啊！怎么办？

聊天室

水水个性开朗直爽、风风火火，刚开始交往的时候，矮小柔弱的“我”并不适应她的行事作风，及至了解，才和她成为真正的好朋友，水水也处处照顾着“我”。其实，同学之间就应该互相关照、互相帮助，这样才能体现出集体的温暖嘛！

从“反对党”到“死党”

英英

> 等我坐回座位，看着正一脸得意洋洋的我，有些莫名其妙的她立刻怒目圆睁，摆出一副怒不可遏的表情。这家伙真是糗大了，我很不客气地朝她扬了扬头，做了个鬼脸，心想这家伙一定决心与我势不两立了。

我和巧云是很死的死党，可你知道吗？最初，她可是我的“反对党”，天天跟我冲，我不揭露这一点，她可能都忘记了。

记得报到那天，巧云就迟到了，那时候，她扎着短短的头发，亮亮的眼睛，背着大大的书包，冲进来对着讲台一个劲儿地“点头哈腰”，连声说“对不起”，一副悔过不已的样子。偏偏那时老师正在下面登记名字，我正站在讲台上抄课表，于是我很不客气地接受了巧云那诚挚的道歉与恭敬的鞠躬。

等我坐回座位，看着正一脸得意洋洋的我，有些莫名其妙的她立刻怒目圆睁，摆出一副怒不可遏的表情。

这家伙真是糗大了，我很不客气地朝她扬了扬头，做了个鬼脸，心想这家伙一定与我势不两立了。

最初，她的确是我的“反对党”，处处跟我作对，我以为跟这家伙我算是铆上了，但事情的发展恰恰相反，所以说人与人之间的感情就是这么匪夷所思。

开学不到两个星期，因为一个随身听再次将我们联系到了一起，并且化解了最初的“恩怨”。

我天生是个慢性子，放学以后要慢吞吞地收拾东西，检查位子，开学第二天就被我发现前面座位的地上有一个亮闪闪的东西——是个很漂亮的Sony新款随身听，而此时全班同学已走光了，也不晓得是谁的。我念叨着：“还真是个冒失鬼哩！”

随即一想，原来是巧云的，那家伙整天搂着它哼哼唧唧的，我总算有点儿印象了，想到这里，我不禁笑了起来。

不出所料，巧云一大清早就得了怪病似的东瞧西瞅，像在找什么东西，然后哭丧着一张脸抱着同桌哭诉：“这回我死定了啊，老爸要骂死我啦！要知道那个随身听是我求了N长时间他才同意买给我的，哎呀，我死定了啊！”巧云是干打雷不下雨，还反复问着：“我要去当女佣会不会有人要啊？”

她这番话几乎让我当场厥倒，我说：“拜托，未成年女佣没人敢请的。”

她叹了口气，说：“唉，这回我真的死定了！”

看她忏悔得够可以了，我把随身听掏了出来，她随即两眼放光，大叫道：“不会吧，你这么仗义疏财？把你的随身听送我啊？”

看着巧云一脸的天真无邪，我简直要佩服起她的糊涂来，于是也跟着大叫起来：“老大，什么仗义疏财啊？这本来就是你的！”

她眨眨眼，左右端详，然后一把夺过，终于破涕为笑了，还像摸小狗狗似的抚摸着那块金属，突然脸色一变看着我说：“喂，你不会是良心发现吧？看我这么可怜所以就把赃物拿出来了？”

当着这么多人的面，这家伙不说声“谢谢”，反而这么没道义，我大叫道：“上帝作证，这里发生了一件冤案，狗咬吕洞宾啊！”然后一甩手，气鼓鼓地坐到位子上，小丫头追了过来，蹲在一边，低声下气地说：“梅梅姐姐不要生气哦，我和你开玩笑的。”

我把头一歪，故意不理她，她接着笑脸相迎，笑得甚是夸张：“梅梅姐姐，我知道你最好啦，呵呵，刚才是狗咬吕洞宾还不成吗？”

我没好气地说：“我又不是吕洞宾。”

她温柔地连声说：“对啊，梅梅姐姐是美女是仙女哦，刚才是狗咬了天仙啦！”看着小丫头笑得那么甜，我还是忍不住笑了出来，然后听见她又低低地补了一句：“……最漂亮的狗狗哦！”

“你说什么？”我有点儿没听清。

“没什么，嘻嘻！”

就这样，我和巧云好上啦，我们一起吃冰激凌，一起看演唱会，一起去图书馆、食堂还有自习室，什么叫形影不离呢？如果你这样问，一定会有人告诉你——看看巧云和梅梅就知道啦！

高二的物理考试，我亮了红灯，被老师留下来狠批一通，恰巧那个物理老师还是年级组长，放学让我坐在办公室改题不说，还扬言如果我会考也亮红灯绝对不让我进文科班，要说我当时的惨状在学校绝对是前无古人后无来者了。看着那堆让我头大的串联并联，想到以后如果要天天与它们为伍的生活简直就是暗无天日，根本没有前途啦，所以干脆哭了个稀里哗啦。

走出学校，巧云还等在门口，笑吟吟地递给我一大盒冰激凌：“吃啦，吃啦，今天气温上升，我的小温度计显示38度，要死人了啦！”

我大吼道：“拜托，不要提什么温度计。”

她吐吐舌头，开始长篇大论：“其实，以我家梅梅的聪明才智，小小几个电路图还搞不定吗？哼，只要过了会考那关，就万事OK啦！到时候我家才女进了文科班就是如鱼得水，无人能及，要风得风，要雨得雨，惊天地，泣鬼神，如痴如狂，如泣如诉啊！”

巧云一连串的猛攻简直让我昏倒，我叫道：“老大，你不是在说书吧！好像很简单似的。”

在会考前的那段日子，我和巧云每天都要去旁边的小树林吃掉一盒冰激凌。巧云发明了一种叫“甜酸赛”的东东，其实一点儿都不好玩，就是一堆物理题给我限定时间让我狂做，做对了就有冰激凌吃，做错了就由她这个理科天才给我讲，直到我完全弄明白为止。

每次讲题她都会鼓励我，做出一副甚是惊讶的表情大叫：“我家梅梅真是聪明哦，一点就通呀！”

其结果，一方面搞得我自己很没有自知之明，信心猛长；另一方面超高的热量让我这一身肥肉也不甘落后，所以考试顺利Pass之后，我扯住巧云问她：“你是不是蓄谋已久，嫉妒我貌美如花，所以要把我搞成肥妹啊？”

巧云把小脸一鼓："拜托，是两个肥妹好不好啊，真是最丑的狗狗咬美女啊！我也没想到后果会这样啊！"

顺利通过会考也意味着我可以顺利进入梦寐以求的文科班，她呢，则去了理科班。其实只是一个楼道那么远的距离，还是让巧云有些伤感。

那天我们又待在小树林里，巧云问我："喂，美女，你说我要是进文科班会不会有前途哩？"

我瞪大眼睛，吃惊地问："拜托，有没有听错？你？滥用成语的专家，词不达意的行家，每次作文都要被老师当反面教材，你居然要到文科班？不会吧？！"

她狠狠打了我一下："我也要拜托你，你不会说我是数学的天才，物理的奇才，化学的鬼才啊，我不是考虑爱的奉献吗？"

那一瞬间，我还真红了眼睛，很煽情地拍拍她的头说："别傻了，又不是去月球，我们还在一起啊！"

谁知道她居然很不配合地哭丧着脸大叫："呸，那以后谁放学帮我检查位子，谁帮我包书皮、记课表，还有做我的免费备忘录啊！！"

这个见利忘义的家伙，我当时晕倒！！

然而事实上分开之后，我们的感情似乎"更上一层楼"了。这个家伙先是和我身边每个人打得火热，然后动不动就站在门口叫我："梅梅，陪我去办公室啦！""梅梅，陪我去买早点！""梅梅……"

班上的同学已经把巧云列为文科班四景之一——语文老师的眼镜，班长讲话的语气，团支书的身材，巧云的嗓门。

那天放学的路上，巧云突然拉着我的手说："人生得一知己足矣，我真是不胜满足，真是喜出望外，感动不已。"

看着巧云一副豪情万丈的样子，我担心她的成语宝盒一开，又要没完没了、没边没缘地说下去，所以赶快打断她，说："少来这套了，有什么事情要求我，你就直说吧！"

这家伙果真很聪明地堆了一脸笑，然后一本正经地看着我说："我们做一辈子的死党好不好啊？"

我很认真地点了点头。

她说："毕业了你也不许忘记我！"

我点头。

她继续说："上了大学也要记得！"

我点头，她想了想说："有了男朋友不许偏心！"她还继续说下去，我不停地用力点头，直到感觉眼泪大滴大滴落了下来。

巧云，你是知道的，我会永远永远像你记得我一样记得你的！咱们是死党嘛，这是谁跟谁啊！

聊天室

两个同学从势不两立到握手言欢，需要一个过程，而这个过程就是一个磨合的过程，而磨合的首要条件，必须有一方先作出让步，而让步并不说明其软弱无能，没有骨气，恰恰是让步者懂得与同学沟通的重要，有了沟通和交流同学关系自然就会向好的方向发展。

同学阿姐

何敏

操场上的战争已经进行到白热化的地步。因为今天有大扫除，王斌又拿把扫帚，大家都以为这是一同值日的在闹着玩儿，也就不去围观了。只有我知道，他们这次恐怕是动真格的。

李冰冰现在是我的姐姐，以前是我的同学。

初一时，我们班的班主任姓廖，班主任的女儿就是她——李冰冰（对我们之间的关系你晕菜了吧？随着故事的发展，你会明白的）。廖老师温柔善良，李冰冰却异常泼辣。像我这样不爱运动、难得上操场转转的同学，只要一出去，没准就碰见李冰冰拿饭勺子追在男生的屁股后面。

好几次李冰冰风一样飙过我身边，险些把我带倒，好恐怖啊。

星期一，我爸给我送康师傅牛肉方便面来，李冰冰过来说："何叔叔，你们家小敏就经常吃这个呀？难怪长得瘦骨嶙峋。营养要均衡，不能他想吃什么就是什么哦！"

经常被李冰冰的勺子把屁股戳得青一块紫一块的王斌一下就蹦到我爸的面前："你家要是有李冰冰这样一个媳妇，何敏立马就胖——哈，被打胖啦！"

王斌一副撒腿开溜的架势。

但这回李冰冰似乎并不介意，她说："何叔叔，你看，王斌说这么难听的话我都懒得理他。哎哟，何叔叔，你头上怎么会有只螳螂啊？——"

"哪儿啊——"我和王斌一起望了过来。

只听“妈呀”一声大叫，李冰冰的手准确无误地揪住了王斌的左耳根。然后一个拌勾子，王斌结结实实吃了个狗啃屎，爬起来，一溜烟跑了。

李冰冰拍拍手，颇为干脆利落地对我爸说：“何叔叔，我就不让任何男生欺负我，哪怕是逗我玩。”

爸爸说：“叔叔眼里，冰冰就是个好女孩，冰冰的性格，叔叔喜欢。”

李冰冰欢喜地说：“谢谢叔叔。以后你就把何敏交给我，两巴掌让他改掉偏食的毛病，呵呵呵呵……”

随着恐怖笑声的渐去渐远——李冰冰跑进了教室，我才总算嘘了口气。我对爸爸说：“我最讨厌李冰冰这样的女生了！”

爸爸沉着脸教训我：“不许欺负女孩子。”

“欺负她？她不欺负我就烧高香了！”

最不幸的是，李冰冰果真开始欺负我了。

下午的放学铃声刚落，李冰冰冲过来给我下第一道命令：“何敏，不许泡方便面，这是命令！”

我对她说：“李冰冰，咱们还是像以前一样，读书之声相闻，毕业不相往来，你可别来惹我！”

李冰冰冷笑：“你中午可是听见了的，你爸爸把你交给我了，我就要对你负责嘛。方便面呢？上交！”

王斌在一旁起哄：“李冰冰说何敏是他的咯！李冰冰说何敏是他的咯！！”同学们开始嬉笑，目光也比较一致地投向我和李冰冰。

我阴沉着脸：“看，你干的好事。被取笑多光荣啊！”

李冰冰很不淑女地骂道：“他妈的王斌！”我这话说得不对，她本来就不是什么淑女，来句脏口对她而言有什么值得奇怪的。

李冰冰一转身追着王斌打。

可能是太气愤太匆忙了，居然忘了带兵器——饭勺子。

被李冰冰欺负，又被王斌取笑，我有一肚子的火需要宣泄。对王斌和李冰冰，我都想揍上一百顿。爸爸说不让欺负李冰冰，那就揍王斌好了。

我拔腿追出去。操场一角，李冰冰和王斌早交上了火。看来兵器这玩意儿的确是件如虎添翼的好东西，你看王斌手里就多了把破扫帚，而李冰冰虽然有愤怒爆发的气势和力量，但赤手空拳，就明显处在下风的凄惨地位。

兵器太重要了。我折回去，在李冰冰的抽屉里找到了那把纯钢的勺子，于是赶紧抓在了手里。

操场上的战争已经进行到白热化的地步。因为今天有大扫除，王斌又拿把扫帚，大家都以为这是一同值日的在闹着玩儿，也就不去围观了。只有我知道，他们这次恐怕是动真格的。

“李冰冰，接着，你的武器！”我当即投身到了水深火热的战斗之中。

王斌没料到像我这位只知道每次要考全班第一的文弱书生今天也会有海扁他一顿的心思，而且还是和李冰冰这样厉害的人物双剑合璧。捣蛋的王斌死定了，让我们提前向这位可怜的同学致哀吧。

我冲上去一脚，居然踹翻了王斌，这大大出乎我的意料。李冰冰麻利地收缴了在她脸上横扫了好几条血痕的破扫帚。

李冰冰大喊一声：“王斌你这个乌鸦嘴！”说着，毫不客气给了王斌一拳。

我一见王斌的鼻子出血了，忙拉开李冰冰。没办法，臭丫头万一弄出人命，我也算是个从犯啊。王斌爬起来就跑。

李冰冰说：“谢谢你帮我。”

我沉浸在一脚踹翻王斌的喜悦中。“打架好爽哦，”我对李冰冰笑，“没想到我这么厉害！”

李冰冰又说：“谢谢你帮我！”

可我根本就没注意到她在说什么，只是一个劲儿地念叨：“我不仅考试第一，打架也是第一，你说是不是呀？”

“你应该说，不用谢，这是我应该做的！笨蛋！”李冰冰冲我吼。

我嘿嘿笑着，心里还惦记着方便面呢！

王斌不是逃跑了，是告状去了。

不一会儿，班主任廖老师远远地就严厉地朝我们喊：“李冰冰、何敏，你们两个到我宿舍里来。”

我低着头，李冰冰说：“瞧你怕的！呵呵，我是她女儿，你是班上的第一名，我妈训我们才怪呢，不过是做做样子给王斌看罢了。”

我一听，觉得很有道理，于是昂首阔步地和李冰冰走向廖老师的宿舍。

廖老师在做饭，铝锅里“滋滋”地往外冒着热气。李冰冰说：“看到了没有，锅里炖的是冬瓜排骨汤，是炖给你喝的。”

“我喝的？为什么？”

“因为你今天英雄救美啊。在电影里，英雄救美，美女都是会以身相许的，我才请你喝碗汤，你还惊讶得不行，没见过世面啊。”李冰冰咯咯地笑。

廖老师责怪地说：“娟娟，你又在瞎说什么呀？”

我和李冰冰抢着喝廖老师炖的汤，廖老师微笑着看我们。

电话铃响了，廖老师去接。廖老师在电话里和一个人很激烈地吵。李冰冰的脸色也很快阴沉下来。我可从来没有看到廖老师和李冰冰的这种架势，吓得不敢吭声，后来干脆放下筷子悄悄地溜走了。

冬瓜排骨汤真好喝。我要是有妈妈就好了，可妈妈，在我还很小很小的时候就不要我，离开我了。我又想起了爸爸，爸爸工作忙，没有时间做饭，天天拿方便面充饥。他要是每顿都能尝到这么好的汤就好了。

从老师家出来，我边走边哭。路上碰到王斌，他幸灾乐祸地笑。我哭得更加伤心了，连王斌这样的痞子都有妈妈，我这么乖，每次都考第一名，为什么就没有妈妈呢？妈妈！妈妈！妈妈！

第二天上课。廖老师脸色憔悴，李冰冰的脸上居然还有一个巴掌印。中午休息，我问李冰冰：“你妈打你了？”

李冰冰柔弱得像刚从土地里冒出来的小草，需要阳光的呵护。她低声说：“是我爸打我了。他这一巴掌，让我对他的感情彻底决裂了。”

“他们……离婚了吗？”

“我还小的时候，他们就离了。是爸爸提出离的，他无赖，没有钱花了就来缠妈妈。我慢慢地长大了，发誓要保护妈妈。可是，我保护不了妈妈……呜呜呜……”我鼻子一酸，也跟着哭起来。

“有一个人能保护你妈妈。”我认真地对李冰冰说。

“谁呀？”

“我爸爸。”我让李冰冰也认真地看我的眼睛，“我爸爸是警察，没有人敢欺负他。还有，我没有妈妈，而我还想喝你们家的冬瓜排骨汤。最重要的一点是，我现在一点儿都不讨厌你了，真的。”

李冰冰破涕为笑。

……

终于，我爸爸和李冰冰的妈妈结婚了，廖老师从此以后成了我的妈妈。这个过程复杂而浪漫，李冰冰不让我讲出来，我就不敢讲了。你要是有个野蛮姐姐在家你就理解兄弟我的苦衷了，我还想在家里混呢！

透露一个小秘密，我发现我喜欢上李冰冰了。可是，那一天，李冰冰竟然当着我们的爸妈说：“这些天，我发现我的何敏弟弟在青春发育期喜欢上了我这个柔情似水的姐姐，为了挽救何敏弟弟，我决定从今天开始，正式姓何，这样做，主要是为了时刻提醒何敏同学，我是他的好姐姐！”

我不好意思地笑了。

现在，李冰冰动不动就对她的小姐妹们说：“我的弟弟何敏，考试第一，打架也是第一！”搞得很多女生都开始爱慕我！

哎，真是……得意死我了，呵呵。

要说，家有一个野蛮又温柔的姐姐真好，更重要的是，有爸爸妈妈的孩子真幸福呵。为了“表扬”她，我写了这点东西，暂时别让她看见了，否则她会逼我删掉多处情节的。

聊天室

有些女生看上去风风火火、大大咧咧的，其实，她的心肠还是挺热的，这也难怪男生会为之动情。不过，缘分使他们成了兄妹，一家人“和平相处”，这不是很好吗？

继续我们的对手戏

白 云

这家伙一句话将我陷入了四面楚歌的境地，我简直想扒他的皮。关于我和王辉，有一点必须说明，咱俩没完，这场对手戏还将继续发展下去，我是不会轻易放过他的！

优秀团干部评选揭晓，遗憾的是，我落选了，如果跟我竞争的是别人，我也就认了，但偏偏占了那个名额的是冤大头——王辉，我心里十二万分的不服气。

那本“优秀团干部”证书被全班传看着，那种血红色和镀金黄着实让我眩晕了一下。但我从心里感到恶心，王辉这家伙除了人缘好外样样都比我差，这次我终究还是输给了他。算了，我有智慧有教养不与他计较就是了。

正想着，王辉把证书扔到我桌上来，他摇头晃脑地哼着小调，故意想要刺激我。我定了定神来了个自嘲法：“革命尚未成功，同志还需努力，希望大家今后要多多支持我，我会努力的！”

教室里立即哗然一片，有的大笑，有的鼓掌，王辉瞪了我一眼，说：“没想到你一个女孩子家脸皮还真厚！”说完，抓起书包走出了教室。

我跟在他后面喊着：“王辉同学，你不用为我那么悲愤，我不会辜负你的！”

这时，团支书也跑了过来，用她那一贯的灿烂语调对我说：“白云，希望你继续努力，明年能获得优秀团干。”

我和王辉为敌是打从娘胎里就注定了的事。我们是邻居，我和他同班又同校，爹妈又在同一个厂，关系恶劣得有如当年美国与苏联。我爸和他爸曾因竞争提干而钩心斗角，结果两个都没被提升；我妈和他妈更是一照面就唾沫横飞，差点儿没把我淹死。所以尽管我们同班却从不说话，没想到王辉这小子继承了他爸卑劣的小人作风，在班上处处置我于窘境：选班干他第一个提出反对，告小状他99%告的都是我，安排劳动他会选最容易死人的事让我做，什么擦窗子（本班位于五楼）、擦灯管（本人仅有155cm）……还好本人有智慧有教养，不但能保住自身名誉，还常给他一个反其人之道。

想到这儿我禁不住偷笑，没料抬眼看见雪儿正坐在我的面前，她夸张地模仿了一遍我刚才的表情，说：“哦……白云，难怪上学期你和王辉视如陌路人，原来你们早就到了心有灵犀的最高境界，唉，我们这些俗人啊……”雪儿说着一屁股坐在我桌上。

我看见她正好压在我心爱的笔盒上，慌忙中救笔盒却把满桌的书弄掉在地上。

“你看你看，被我说中了吧！这种事我最有经验，不过还从没见过你和王辉的那种境界啊！”雪儿还在一个劲儿地说，全班的注意力全被我吸引过来了，要等着看我笑话。我说：“雪花膏儿小姐，你喜欢王辉就是了，谁不知道你上学期和他的闪电式恋爱，是不是现在还有电波来往啊？”大家都起哄，我知道我的话更有说服力，雪儿一下子拉下脸：“无聊！”提着书包走了。

我心里好舒服啊，连同对头的Girl friend一起收拾了心里多畅快啊！

第二天早晨我起得特别早，把要考试的内容浏览了一遍。想到王辉这只臭乌龟总咬着我的尾巴不放，每次总分只差0.5分或1分，给我千斤重的压力，我心里总有危机感，可不能让这家伙什么都超过我，说什么，我也要稳坐第一。给自己加油吧！洗了把脸冲出家门，抬眼看见王辉也正出门，我们俩都用十足的火力瞪对方一眼，真是天天活见鬼天天撞正着。

真是好笑，他不是男生吗？今天怎么落在我的后面了？平时不是趾高气扬甩那么快的步子走在我前面吗？

我奇怪地转过身，看见他正蹲在地上，样子有些可笑，但我马上注意到他那张痛苦得满是汗的脸，我走过去说：“喂，你是不是癫痫要发作了？”

他抬起头想生气，却无奈于疼痛。他捂着肚子说：“胃疼！”

我故意刺激他说：“斯达舒胶囊，抑制胃酸分泌，缓解胃动力，能有效治疗胃痛胃酸胃胀……”

他生气地说："你废话好多！"

我也生气地说："你反应好慢！我能背这么熟说明我也需要这种药，我要这种药说明我也有胃病，我有胃病说明我天天将斯达舒带在身上！"我拿出药递给他说："只是没水……要不要。"

"要！"见到救命"仙丹"，他两眼放光，恳求说："扶我一把！"

听他求我，我心里好爽，心里暗想：你小子不是一向挺跩的，这回也知道求我啦？不过要我扶起将近1.8米的他比背麻袋还难，他倒好意思几乎把整个身体瘫在我身上。

整个上午的考试我都有点儿心神不宁恍恍惚惚的感觉。考完后一大群人围着团支书对答案，我突然听见王辉说了句："大概可以有97.8分吧。"

这时，同桌苏菲朝王辉叫道："你考98分那白云肯定是考98.5或99分啦！"

王辉这家伙脸皮厚，不服气地说："我就不信这次她还能超过我！"

全班起哄，我气得抓起一本书扔在他脸上："是啊是啊，你抄得那么爽，你该是最高分！白痴！"

这时有人帮我把扔在地上的书递过来，我一看居然是王辉，便说："我现在不想吵架，别惹我！"

王辉语气平和地说了一句："早上谢谢你了，以前的事你别太计较。"

我说："废话，我有智慧有教养哪有工夫和你计较……"话还没说完，旁边的苏菲又叫又拍桌子："大家注意啦，金童玉女开始世俗交流啦！"我正要扑上去撕她的嘴，王辉给我一个阳光般的微笑，差点儿把我帅晕。

此后，我和王辉还是老样子，在学校视如陌路人，可一放学就在回家的路上斗嘴，天文地理数学英语无所不斗。班上同学也渐渐把这事淡忘了，可有一天，雪儿走到王辉面前说："今天送我回家吧，我有事跟你说。"

王辉说："我和白云一起走的！"

全班大哗。

这家伙一句话将我陷入了四面楚歌的境地，我简直想扒他的皮。关于我和王辉，有一点必须说明，咱俩没完，这场对手戏还将继续发展下去，我是不会轻易放过他的！

聊天室

王辉和白云的对手戏上演了很多年，并且还要演下去。其实，在学习上，有对手并非什么坏事，反而可能是一种前进的动力，不过最重要的一点是公平公开。而且不能因为竞争而缺少修养，忘了友谊。

报复无望

李海霞

正在此时，我的胳膊被一只手牢牢地抓住了，捏得我好痛。刚冲出一步就被人拉回来，岂有此理？是谁这么无耻？正想着，“嗖”的一声，一辆汽车开了过去。我回头看了看拉我的人，咦，周渝民？仔细看，不，长得像而已，我在学校见过他的。

认识阿智还是三月的事儿，记得那天风和日丽，可我的心情却很慌乱，没办法了，已经7：10分了，还有十分钟就要上早读课，而我还在路上，急匆匆地向学校跑，手中抓了块面包。

只有短短十分钟可以利用，如果走路的话，一定得迟到，若是骑自行车的话，则可稍微从容一点，但我没骑车啊，没办法，只好跑步了。我开始进行自我安慰，不就是跑步嘛，既可以减肥，又可以锻炼身体，加把劲儿吧！

屋漏偏逢连阴雨，跑到十字路口时，绿灯变黄灯了，再看看两边的车就要启动，我心存侥幸，希望趁黄灯还没变成红灯的间隙冲过去。

“哎哟！”正在此时，我的胳膊被一只手牢牢地抓住了，捏得我好痛。刚冲出一步就被人拉回来，岂有此理？是谁这么无耻？正想着，“嗖”的一声，一辆汽车开了过去。我回头看了看拉我的人，咦，周渝民？仔细看，不，长得像而已，我在学校见过他的。

“慢点，小心被车撞了。你看刚才多危险！”他开口说话了。

“谁让你拉我的？我本来可以冲过去的，这下又要等红灯，非迟到不可。”看着来往穿梭的车辆，我焦急万分。

“迟到？还不到7点呢！怎么走都不会迟到。”他说着看了看表。

“什么？我看看！”我一把抓过他的手，看看表。不会吧？我出门时明明已经7：10的？我又看看他，他的样子也不像是骗我，再说了，他和我也是一个学校的，我若迟到了他不也一样吗？那就相信他一次。心情一放松，我这才感觉到胳膊隐隐作痛，瞪了他一眼，喊道：“你还不放手？那么用力疼死了！”

“不可理喻！”他嘴里只蹦出了四个字。

人行横道亮绿灯了，赶紧跑吧，看着他的背影，还蛮帅的！再想想刚才的事，心里有说不出的感激。

到了学校，哇！ 怎么一下子7：25了？迟到了？刚才还6：58呢！今天到底是怎么了？他又看了看表，还是6：58。冲我笑了笑：“不好意思，我的表停了。”

“你……”我都快被他气死了。算了，这可是在学校里，还是乖乖的为好。

没办法，迟到必须接受罚站，我们得在学校门口站到8：00才可以进去。临走时我问他：“你叫什么啊？”

“就叫我阿智吧！”

“阿智？好啊阿智，你给我记住，害我迟到，我会有你好看的！”

他对我不屑一顾，走了。

小子，敢小看我？

当天下午，我就搞清楚了这家伙的底细：阿智，原名李智，学习中等偏上，发表过几篇文章，家境很好，人缘也不错，篮球打得很好，足球也踢得很好，会弹吉他，唱歌非常好听……

不是吧？这家伙这么多的优点，我都不忍心整他了。不过我要为我的一只手臂和站了20分钟的腿报仇。

周六下午放学，我叫住他：“谢谢你上次救了我，我约你出来玩。我在中心街的清风咖啡吧，你有空来吗？”

“那好，你在那等着我吧！”他答应得倒挺爽快的。

小子，走着瞧！

我高兴地要了Cappuccino。坐下来，心情激动。一会儿他来了要他请客，吃穷他！嘿嘿，也好给我的胳膊和腿补补。再说了，如果他真的挺好的，交个朋友也不错啊。咖啡来了，我品一口，苦苦的咖啡却有甜甜的感觉，一股香气口中弥漫。

不知不觉过了一小时，他怎么还没来？无所谓，反正是要整他的，多等一会儿也罢。我望着窗外来来往往的汽车，想起他在篮球场上的身影和他在足球场上的风采，又想起他在学校的文艺晚会上弹着吉他，唱着歌，美妙的旋律在校园里荡漾着，只可惜我当初没有用心听，现在想起来竟然莫名其妙地有些后悔……

哎呀！已经两个多小时了，他该不会是怕我了吧？对，一定是怕我了！我试着给自己一些安慰。不行，他要是真的不来那我就惨了！我的钱没有带够，只有——等！我用勺子搅着咖啡，勺子在杯子上碰撞发出单调的声音。

三小时过去了，我还在等着。我又急又气！算了，不等了，厚着脸皮向老板还价吧！要知道在咖啡吧里当着那么多的人还价太丢人了。

不知道是我太可怜还是老板本身就仁慈，老板允许我走。我用了0.01秒飞了出来！太丢人了！阿智，全是你害的！你给我等着！明天，不，是后天，我不把你骂得狗血淋头，难解我心头之恨！

星期一到了学校，我还没找他，他却跑来找我了："对不起，我爷爷生病了，我家人都不在，我要照顾爷爷的。对不起啊！"

我本来想骂他的，可是看他那么可怜，先把话收了回去，反正我一定会骂他的。他笑了笑，然后就去教室了。哼，等着吧！明天的篮球赛，我会让你出丑的。

篮球场上，阿智穿着球衣。传球、接球、三步上篮，进球！哇赛！好帅！

我正看得高兴，一想不对，是要整他的！于是他只要拿球，我就狂喊"漏油"。上天看我喊得太累，便给我了一个机会——球出界了，刚好到我脚下，又刚好阿智背对着我，离我不到两米，我拾起球朝着阿智用力扔了过去。不好，用力过猛，球从阿智的头顶飞过，刚好落到了裁判老师的头上，又弹起来，飞得还蛮高的。所有场上的队员和场外的观众都笑了起来，完了，这下可糗大了。

还是阿智反应快，拾起球，大喊继续比赛。很快大家又投入比赛了，老师也没时间理会“头球”事件了！

尽管这家伙关键时刻救了我，可我还是要整他。当阿智带球时，我大喊一声：“鞋带开了。”他向下看看，球被断了。

嘿嘿，成功一次。

过了一会儿，等他思想松懈时，我又不经意地朝他喊：“那边都犯规了，你还打？”球被断了。

嘿嘿，成功第二次。我发现我真的是个天才。

我又喊：“鞋带开了。”但是没用了，我再喊：“老师叫你呢！”或者是“你要是进了球你就不是男人！”但是最后都没用，他不上当了。我在一着急之下喊：“你的大门没关！”Oh! My God! 大家笑了起来，并用异样的眼光看着我，我真的想找地缝钻进去。可是没有，于是我在大家的嘲笑声中逃跑了。

三天以来，我脑子里总浮现出阿智被我整得很惨的样子，而且他还向我求饶。每次想得入神了，我都会傻傻地笑。有时我也会反问自己为什么满脑子里都是他，可总也找不到答案。唉！别想那么多了，我就是要整他！

不知不觉一天又过去了。晚自习下了，我正准备下楼，却被阿智挡住了去路，他轻声对我说：“明天没有晚自习，我可以约你出去吗？”

什么？不是我听错了吧？我不能这么轻易就答应他，一定要让他知道本小姐不是他想约就能约到的！这样想着不免有一些开心，于是很干脆地说：“不好，我已经有约了。”

他顿了一下，说：“没关系，如果明天下午6点你有空的话，就到芙蓉路大钟下，我在那里等你。”

“我死都……”还没等我说完，他就已经不见踪影了。

周六下午放学后，我飞一般跑回家，换了一套最满意的衣服，来到了芙蓉路。看看表，才5：30，看来是我来太早了，就在这等吧，顺便可以想想等会要怎样把他整得分不清东西南北。呵呵，越想越开心呀！

已经6：00了，可他还不见踪影。已经6：30了，还要不要再等呢？都已经等他一小时了，还是再等等吧，为了我的计划。

想着想着，忽然觉得有人在我背后拍了一下，还以为是他，兴奋地转过头，可看见的却是一个手拿破碗身着烂衫的中年妇女，碗里还有一些零钱。怒气与失望早已将我的同情心占据了，我像失控似的大叫："把手拿开，我没钱，不要烦我，快走呀！"

我这才发现自己已经被很多双眼睛同时盯着。为了躲开这么多双眼睛，我三步并作两步地跑开了。停下来后再摸摸口袋，身上仅有的5元钱也丢了，这回只有走路回家了。天哪，我还要走6站地才能到家……

星期一，我把阿智从教室门口拉到楼道，话还没说，他却很开心地笑了起来："你不是说你死都不会去的吗？"

仅仅一句话，把我窝了一肚子的火全顶了回去，我又生气又无奈，他笑得脸上都开了花。真是气死我了，整他没整着，还搞得自己心慌意乱。

聊天室

几次想整整同学，没想到反而被对方整得很惨。看来不是冤家不聚头啊。当然还有一句说得好，那就是不打不成交嘛！

除非你能追上我

张会娟

真搞不懂，那帮女生的脑子怎么了，个个对我虎视眈眈，好像是我用了什么美人计将阿吉给勾过来了似的，都对我恨之入骨。也罢，犯不着跟这些“有眼无珠”之人解释，免得越描越黑。

我正在校门口悠闲自得地看海报，只听见“哎呀”一声，还没弄明白是怎么一回事，我便被一个冒失鬼撞出老远，以十分不雅观的姿势与大地来了个亲密接触，弄得淑女形象全无。

我边拍身上的尘土边凶巴巴地冲着肇事者大叫：“你抢着去投胎呀，没长眼睛还是怎么着！”

“哎呀，小姐，说话可不太好听呀！又没少你一块肉，这么气势凌人干吗？最好是晚上回去好好刷一下牙，以免出口成脏臭气熏天，这可是有辱贵小姐斯文的事情耶！难道你不觉得有失颜面吗？”对方一点悔改之意都没有。

看来今天真是棋逢对手，肇事者也并非善类。

我正准备用我那双足以杀死几头牛的眼神瞪他时，死党阿玉却突然大叫：“哇噻！本校一级校草阿吉耶！”

什么？我惊得嘴巴张成了O形，如果没有搞错的话一定是我耳背，他就是鼎鼎有名众所周知的校草兼文学社社长阿吉？不会吧，他和我想象中简直大相径庭：又高又瘦，麻杆儿似的，一副弱不禁风的小女人形象，笑起来大大咧咧的，对了，有点儿像痞子。就这德行，还一级校草呢，MM们真是鬼迷心窍，居然选他做校草!

“嘿，美女，还魂喽！”他伸手在我眼前来回晃。

“我呸，真是个蛋白质，要不要见识一下本小姐的跆拳道啊？……”我反唇相讥。

心里恨恨地想：哼，这种目中无人自以为是的家伙，没有淹死在那些美女的秋波里就算走运了，竟然还敢在本小姐面前放肆，难道你不知本小姐素有“小巫女”之称吗？竟然还敢送上门来，不给你点颜色瞧瞧你不知道本小姐的厉害。

“回头看我怎么收拾你！”我搁下这句话，一个想法迅速成熟。

我开始实施计划的第一步——先篡了他的位子再说。在新一届的文学社长竞选名额里，我位居第一，通过努力，我终于坐上了文学社社长的交椅。当然，这和我扎实的文学功底及“不择手段”都有关。

宣布竞选结果时，我在热烈的掌声中退下去，顺便丢给阿吉几个不屑一顾的白眼，他也痛心疾首地给了我一个横眉冷对。

以后的日子，对文学社普通成员阿吉来说真是苦不堪言。我总是想方设法存心找碴儿，将最难最累最不讨好的工作安排给他，并三令五申只准成功不许失败。看到他一天到晚忙得焦头烂额时我心里就乐：谁让你惹怒我还不思悔改不懂道歉还说“这种女孩没人敢爱”之类的风凉话呢？

可是，我做梦也没想到日后败下阵来的竟是我自己。

他只不过是因为“工作”热情才当了我的跟屁虫而已，绝不会是因为本小姐的魅力，天知道他心里有多不情愿。再说，我对男生向来是避而远之的。这下可好，我的一生清白全毁在阿吉手里了，真是气煞我也!

真搞不懂，那帮女生的脑子怎么了，个个对我虎视眈眈，好像是我用了什么美人计将阿吉给勾过来了似的，都对我恨之入骨。也罢，犯不着跟这些“有眼无珠”之人解释，免得越描越黑。

“我招惹了你，导致杀身之祸权当罪有应得。可是你也太恶毒了吧，竟然公报私仇，简直比黄世仁还有过之而无不及呢！无论你以后怎么整我，我都甘愿受罚，只要不是在我最最最热爱的工作中处处刁难我我都可以接受。不过，我得警告你，你毫无人性的报复心别过火了。头可杀，血可流，唯独本少爷我的志气不能丢。本少爷我今天郑重宣布不再孝敬你这个胡作非为胡搅蛮缠不讲道理欺人太甚的小巫女，我有权表示抗议并向你宣战！”阿吉终于不堪忍受我对他随心所欲的调遣，愤然挑战。

竟然和我对抗，不给你点颜色看看，你是不会知道我小巫女的威力何在！

咦，怎么这么多人？在座的各位个个都用死鱼眼盯着我，让我好不自在耶！英雄也有寡不敌众的时候，呵呵，得饶人处且饶人嘛，小女子我大人有大量，暂息战火又何妨？！

“哼，休想诱我在大庭广众之下出糗，没那么容易。忘了告诉你了，本小姐的智商可是120哟，还会上你的当不成？”

不过想想在“工作”上这个搭档还算是给足了我面子，我们的配合也还默契，我心中的气不知不觉也就消了一半。

两军虽然暂时息战，说不准哪天一旦打将起来，又会一片“混乱”。胜者为王，败者为寇，我可不愿因为儿女情长败给对方。谁先心动满盘皆输这个道理我是懂的。

一天，我突然收到了一条手机短信：“当繁华落尽，世界已褪却了色彩，玫瑰也化作了尘埃，我驿动的心纵使在夜幕下也难以掩盖，是你让我相思成灾。”

我立即回复：“你是哪路妖孽，速速报上名来，否则，就请尝尝本姑娘降“虫”十八掌的厉害！”

“末将阿吉，可否请社长咖啡厅里小坐？……”

啊，居然是阿吉！想贿赂我啊，有那么容易吗？可是奇怪呀，我的心里怎么会这么兴奋且有一丝甜蜜的感觉呢？

我精心打扮了一番，底气不足地上路了。在充满怀旧情调的咖啡厅，我们之间聊得很投机。忽地，阿吉拉住我的手，如释重负地说：“你终于原谅我啦，而我，也要告诉你一个坏消息！”

我心里一沉，问道：“什么消息？”

“小巫女，我已被你征服了！”

我脸庞绯红，甩开他的手，跑出咖啡厅：“谁原谅你了？除非……除非你能追上我，呵呵！”

我的妈呀，阿吉已经追出来了，快跑啊！

聊天室

正所谓冤家宜解不宜结，我们还是得饶人处且饶人吧！同学之间就应该多一点忍让，少一点争斗，不过嘛，“我”和阿吉之间的争来斗去倒挺有趣！

巧治“八大金刚”

王 敏

“就会拿班主任压人！”直性子的老三大叫。老二自知理亏，拉了拉老三。原来，咱们班班主任非常严厉，对差生更会“因材施教”，现在他们几个趁老师不在兴风作浪，到时候被老师知道了，还有好日子过吗？“八大金刚”平时不敢放肆就是班主任的功劳。

说实在的，这个班长实在有点儿不好当，更难办的是，我们班的“民间组织”——“八大金刚”处处找碴儿，弄得我很是为难。

一般来说，班干部，尤其是班长，性格多半外向，但我却是个喜欢沉默的人，再加上表情“冷酷”，我感觉其实不少同学都讨厌我。他们都说我以为自己成绩好就不愿接近差生，而且爱打小报告。对此，我也无可奈何。

这天，我们班的班主任请了病假（据说要好几天呢）。同学们都十分得意，认为可以大玩了。可我却忙开了，每天早来晚归，费尽心思想把纪律管好。可就是有些人故意跟我作对似的，其中的“领袖”就是坐在最后一排的“八大金刚”——他们总是惹是生非，破坏纪律。现在的“八大金刚”成了我心中最大的一块心病。

班主任不在的第一天，我就和同学换位坐到了倒数第二排。这一招还真灵，压住了阵脚，控制住了“八大金刚”的胡作非为，班级纪律确实好了许多。

事情才刚开始。“八大金刚”满脑子都是鬼点子。第二天早晨我稍稍起晚了一点，刚到班上坐下，就见班上的同学都回头望着我。原来，我的桌上有八张字条。是“八大金刚”写的，他们个个申请病假一天。回头望望，八个位子果然都空着。我双眉紧锁，在一个小本子上写着什么。放学后，匆匆离开了学校。

第三天早上，“八大金刚”吹着口哨进了教室，大个子老大进来就说：“昨天真痛快，不用受人管！”

老二说：“咱哥儿几个就怕被人管，也最会整管闲事的人。她见了咱，就像——”

“像什么？”其余几人附和着，老二故意用挑衅的目光瞟了我一眼，清了清嗓子：“就像下山的乌龟——连滚带爬呀。”

“哈哈，哈……”全班同学哄堂大笑。

我气呼呼地走过来：“你们几个昨天去哪儿了？”

“我们不是病了吗？生病，小姐，生病要休息，懂吗？”老大油腔滑调地说。

“你们根本没病，我去过你们家。”我拿出了证据。

“那又怎么着？”老三说，“要你管，我们‘八大金刚’就高兴撒谎。”

他们吹起了口峭。我强忍着怒气说：“你们认为我想管？也不看看你们的尊容！你们只知道胡闹，管你们等于浪费时间！成绩又差，你们不想考高中，别人还想呢！我劝你们趁早背着书包捡破烂去吧！”

“八大金刚”没了面子，瞪大了眼睛。

同学们议论纷纷：“说话怎么这么难听。”“谁教人家是班长呢。”“哎，人家身为堂堂班长，大权在握，当然威风了。”……

“是谁想管咱哥儿几个明摆着呢！谁硬要把位子换到后边来的？”老二气愤地说。

“好，我回去，不过奉劝各位不要太放肆了。至于无故旷课一天，等班主任回来让他处理，我还不想多问呢！”我很得意。

“就会拿班主任压人！”直性子的老三大叫。老二自知理亏，拉了拉老三。原来，咱们班班主任非常严厉，对差生更会“因材施教”，现在他们几个趁老师不在兴风作浪，到时候被老师知道了，还有好日子过吗？“八大金刚”平时不敢放肆就是班主任的功劳。

我随即回到了座位，教室里又恢复了平静。

下午放学后，我正在收拾东西，“八大金刚”中的老大走了过来说：“王敏，干吗做那么绝呢？你就睁只眼闭只眼，别告咱了，行吗？”

“哟，你真不愧为老大，能屈能伸，不过这不可能！敢作不敢当，算什么好汉？”我口不饶人。

“老大，别求她，咱哥儿几个还斗不过一个黄毛丫头不成？”老三接过话来。

“跟我斗，你们凭什么，成绩吗？我看下辈子也不行。你们只要有我成绩的一半，就成八大神仙了。”我不屑地说。

“好，成绩就成绩，男子汉大丈夫，可杀不可辱！”老大真的生气了。

“哥儿几个，有没有信心？”老大问。

“有！”“八大金刚”信心十足。

“好！走着瞧。”我更冷酷地笑着。

第四天，班中纪律好多了，“八大金刚”竟也认真了起来。我和“八大金刚”之间的战争成了全班同学的热门话题。我还是那副冷冰冰的样子。又在小本子上写着什么……

第五天下午，班中同学议论纷纷：“班主任明天就来了，看她还能威风到几时。”但“八大金刚”却在“埋头苦读”。

班主任终于回来了，接着，“八大金刚”被请进了办公室，不知为什么他们这次竟像脱胎换骨似的，学习上比以前更加努力了。

两个月后的一天，班里自发推选“好人”和“坏人”。结果，我竟成了“坏人”，而大名鼎鼎的小混混——八大金刚成了“好人”。这一结果令“好人”们很是得意了一阵子。

有一天，我迟到了。因为我掌管着前门钥匙，所以大家都从后门进去。班主任正在讲台上严厉地望着我，我叫了声“报告”，慌忙进去，由于胳膊碰到后门，书全从手上掉了。我忙捡起来，回到座位上……

“丁零零——”放学了，我正在收拾东西，大个子老大和老二走了过来，将一张纸条和一个小本子放在了我的桌上。我惊奇地抬起头，问：“你们怎么拿到的？”

“班长，我们错怪你了，是我们不对。这个本子是你掉书时，我踩在脚下的，结果，我看了……”老二这次十分平和。

“啪、啪……”只听八声击掌后，爽朗的笑声飞出了教室……

其实，当初我只是故意气“八大金刚”，想借助激将法迫使他们认真学习；八大金刚被请进办公室也是因为我对老师说他们有上进心，有潜力，让班主任开导他们。至于那个小本子嘛，只是详细记载了我对付“八大金刚”的全过程。

再后来，我和他们——“八大金刚”考上了同一所高中，还在一个班，而且我还是班长，仍十分冷酷……

聊天室

班干部要正确理解“管”字。管理和管教有区别，管理是负责一些总体工作，管教是训诫、管束、教导。班干部本是同学中的一员，是同学的代表，是帮助老师管理好班里一些工作的一名任职的同学。应以平等友好的态度，请同学协助自己做好工作。理解正确了，态度自然就变得谦和了。王敏为了刺激“八大金刚”认真学习、遵守纪律，故意采取了激将法，取得了良好的效果。

酷大虾，死大虾

郑锦芸

大虾也曾这样敲着讲台要全班静下来，说了一大通关于组建篮球队的事，最后，他竟指着我说："身高嘛，只要比她高就OK！"气得我半天才憋出一句话来："我要把你做成'可比虾条'！"他倒好，嘿嘿一笑，拿起一个粉笔头就往我脑门上扔，还伸出V字形手势大叫一声："耶！10环！"真是欺人太甚！

大虾很酷，大虾很跩，大虾很讨厌，大虾，我跟你没完！

我气喘吁吁地跑到物理实验室，第一排座位已被占满，于是随便找了个第二排的座位坐下。一抬头，才发现前面坐的是大虾，这家伙完完全全地挡住了我的视线。

大虾，接近1.8米的个头，是一位很不错的男孩，打篮球的样子很帅，既有樱木花道的潇洒，又不失流川枫的酷样，曾见他后跳投篮，篮球在空中划出一道优美的弧线，便稳当当地进了篮框，那动作，那神情，那篮球落地的声音简直完美极了——我以为那种画面只有在《灌篮高手》中才能看到。

而此时此刻，他正在潜心"雕刻"一支4B的铅笔，唉，那手艺——臭！

物理老师抱着大大的一摞尺子进来了。我推推金边眼镜，在老师的催眠曲下，开始津津有味地做梦了。

忽然，前面传来一张纸条，我一惊，睡意全无。纸条是大虾传过来的，"下课后再打开看"。纸条对折了几下，最外面写着这么几个字。

我感觉脑子一下子短了路，可以想象脸一定变得像进口的新鲜红富士。这里面会写些什么？为什么要下课后看？难道是——小说里常有的那种情节？

不会的，不会的，像大虾这么酷的男孩，他的“球迷”肯定不少，又怎么会对我这只丑小鸭……不过，再仔细想想，好像又有那么一点点可能性。

那次上化学课，我正梦游仙境，老师突然抽我回答问题，于是我牛头不对马嘴地乱说一气，引得全班哄堂大笑，其中，大虾的笑声最夸张了。

还有，上回语文课，大虾用面小镜子把阳光反射在我眼睛上，害得我一节课睁只眼闭只眼。

还有还有，昨天学跳舞，大虾看了我半天，最后摇摇头说：“像板鸭！”他这么注意我干啥？

有本书不是说，如果一个男生对一个女生有好感，那最初的表现往往是与她作对，跟她开玩笑。难道……不会的吧？

我抬头看着大虾。他穿着一件绛红色的衬衫，配着高高大大的身材，实在很帅。在我的印象中，他常穿绛红色的衣服，走起路来，风一吹，衣服就鼓鼓的，因而得此雅号——大虾——一只漂亮的大虾。

大虾却好像什么事情也没发生，歪着脑袋看手里的课本。他怎么一点反应也没有，该不是故作正经吧？

“啪！啪！啪！”物理老师敲敲讲台，示意同学们不要“春眠不觉晓”了。大虾也曾这样敲着讲台要全班静下来，说了一大通关于组建篮球队的事，最后，他竟指着我说：“身高嘛，只要比她高就OK！”

气得我半天才憋出一句话来：“我要把你做成‘可比虾条’！”

他倒好，嘿嘿一笑，拿起一个粉笔头就往我脑门上扔，还伸出V字形手势大叫一声：“耶！10环！”真是欺人太甚！……不过，现在想来倒蛮可爱的。

“丁零零……”终于下课了，我抱上早已收拾好的东西，一溜烟跑了。

“嘿！等等我！”好友在后头大叫。对不起啦！实在急不可待……我听见她气得直跺脚，不知道大虾有没有看到这一幕。

一口气跑到学校的小花园，全没有了去物理实验室的气喘吁吁。这地方，我最喜欢了，如果能在这浪漫的地方看到一句浪漫的话或一首浪漫的诗，那简直美极了。

我小心地打开已被捏得皱巴巴的纸条。真叫人紧张，比考数学还紧张十倍。我在心里不断地劝诫自己一定要放轻松一点，一定要啊！

现在，这张纸终于展开在我的面前了，让人大跌眼镜的是，上面写着这么一行字——“帮我扔一扔，三克油！”

我几乎气绝，好你个死大虾，竟敢公然捉弄本小姐，看我不跟你没完才怪呢！

聊天室

同学之间要没有嬉笑怒骂，还真会显得乏味儿呢！大虾虽说有点讨厌，但谁又会说他不可爱呢？我们的学生生活不是在这不经意的争执中悄悄地结束的吗？

大眼侠女

刘遥

我回头一瞥，只见她的手正铁钳一般夹在我的胳膊上。不好，是“掐花指”！哎哟，小紫花又要盛开了……我大叫一声“疼！”“哈，你还知道疼啊！看你还敢不敢对我卖关子！”她望着我得意地笑着。哎，真拿她没办法啊！遇上她这个刁蛮的大眼侠女，算我倒霉啦。

大眼侠女本姓林，只因眼大如牛，平日喜欢“动手动脚”，有暴力倾向，所以人送外号“大眼侠女”，她也欣然接受。

侠女可不是白当的，她身怀两种绝技：一种叫做“掐花指”，中招人的胳膊上会在30秒以后开出一朵小紫花，紧接着会有一阵热痛缠身；另一绝技则是靠其深厚的“内功”催动而出，能扰乱人的心神，轻者捶胸顿足，重者则“几欲先走”，名曰“神侃大法”。有这两项绝技在身，她便开始在班上四处干涉内政，打抱不平，同学之中少有人敢惹她，眼看她日比一日更加嚣张，大家却无可奈何。

更“荣幸”的是，这样一位“风云人物”竟成了我的同桌。坐到我旁边的第一天，她很豪爽地朝我伸出了手说了一句模糊不清的话：“Nice to meet you！以后多关照。”

我吓得舌头在口腔里哆嗦，半天才说了一句：“多关照！”

当天晚自习，我与“侠女”就有了生平第一次“交手”。也许是为了让我彻底服气，她迫不及待地使出了自己的“神侃大法”。一句句带有“真气”的语言直冲我的耳道，撞击着我的耳膜，使我感到胸闷气短、头晕目眩。我强忍着“伤痛”与她周旋。

放学后，我立刻离开“战场”到操场上狂奔了两圈，终于把那股在我体内乱撞的“真气”逼出体外。如果那时测1000米跑，我肯定破纪录！

一般来说，侠士都很怪癖，“大眼侠女”也不例外——她总喜欢钻牛角尖。只要她的问题一来，那么就是才高八斗、满腹经纶的人给她讲，也要耗尽口水！即便这样，也很难满足“大眼侠女”的纠缠。

一次，大侠问我一道化学题。其实，这是一道很简单的题目。我三下五除二就得出了答案，本以为可以轻松过关，谁料，“大眼侠女”紧逼不舍，非问我怎么知道这个公式。

这家伙真笨，我成绩比她好，脑袋瓜子比她聪明嘛！

我不耐烦地说：“书上都有，只要你看看书，就什么都明白了。”

“我就不看！你给我讲！”

面对“大眼侠女”，我怎敢怒形于色？只有耐着性子讲了一遍又一遍，但她仍然迷惑不解。我一看表，战时已达20分钟，而我还有大量的习题需要解决，待会儿老师还不扒了我的皮啊！我终于忍无可忍了，心想：讲题是“死”，不讲题也是“死”，干脆拼了！于是我拍案而起，怒道：“自己看书！”然后低头写自己的作业。

瞬间，直觉得胳膊上一阵热痛，我回头一瞥，只见她的手正铁钳一般夹在我的胳膊上。不好，是“掐花指”！

哎哟，小紫花又要盛开了……

我大叫一声“疼！”

“哈，你还知道疼啊！看你还敢不敢对我卖关子！”她望着我得意地笑着。

哎，真拿她没办法啊！遇上她这个刁蛮的大眼侠女，算我倒霉啦。

聊天室

“大眼侠女”是位有个性的女孩儿，快乐的校园生活就在彼此之间的嬉笑打闹中远去了，这样的生活难道不值得回味吗？

回头找你算账

张 欢

虽然我不停且不安地逼问小弦有没有把凯的事告诉别人，小弦一脸诚恳地告诉我："怎么会呢，不可能！"结果第二天一进教室，几乎所有的人都来追问我是不是真的喜欢凯，我愤怒地回过头要找小弦算账，却只瞥见一个匆忙逃窜的身影，哼！跑得了和尚跑不了庙，回头再找你算账。

要说，我和小弦应该做很好的朋友才对，可我们不是，我们只是冤家对头，尽管他老妈跟我的妈妈是好朋友。说白了，我对小弦恨得咬牙切齿。

妈妈经常教育我说："人家小弦这孩子很好嘛，长得又秀气，你为啥不跟人家搞好关系呢？"

对，小弦是很好，除了有些卑鄙无耻下流、好色贪心、自私以外。至于秀气，我宁愿认为赵传更秀气一些。

跟小弦认识是在幼稚园，我小时候之所以没有布娃娃是因为全都让小弦抢去了。6岁上小学，小弦用他那印着恐龙和恶犬的破书包换走了我的可爱背包；12岁上中学，本应该和他划清界限毫无瓜葛的我却因为不会骑单车被迫跟他"携手同行"。所以我们之间是一种侵略与被侵略的关系，只是我不明白，像这样一个无赖竟然会有很多女生喜欢。

初二那阵子小弦平均三个星期一封情书，那些女孩羞于启齿就麻烦本人转交，这时候小弦就拍着他胸前那几两肉说："什么叫做实力？什么叫做魄力？什么叫做魅力？"

我恨不得上前一巴掌扇死他。

他嘴里还嘟囔着："我好羡慕你啊，从来没有什么人喜欢，哪像我，顺哪！"小弦一副备受困扰并且欠扁的样子。我用我生平最硬的拳头在他身上发泄着长久以来积蓄的不满与气愤。一分钟后，我的视野里只剩下他那只拿着情书的手高举在半空中，颤抖……颤抖……

后来升到初三，小弦的情书明显地减少了，我一直以为这是小弦每晚送我回家的缘故。在此我想对全初中部的女生说：不是我愿意，是我迫不得已，母命难违啊。这是我的灾难也是小弦的耻辱……

就这样，小弦每天下午放学都靠在我班门口歪戴着鸭舌帽懒懒地看着我收拾书包，我就在全班女生的注目下恹恹地跟在小弦的屁股后面走出去，坐上他那辆跩跩的单车回家。

风吹着路边的树叶哗哗响，淡蓝色的天空星星点点，我懊恼这么浪漫的夜晚是跟小弦一起回家，如果前面坐着的是凯我肯定会高兴得晕过去。我喜欢凯温柔的笑，凯是山顶上高高的王子，小弦是山底下玩世不恭的嬉皮士……看着星星慢慢移动，我想我是累了，恍惚有小弦的声音在耳边回荡："傻女，别睡啊，我要摔啦……"

嘿，其实我也知道，别看自己跟小弦斗得很厉害，其实我并不讨厌他。

我和小弦就这样吵吵闹闹，一直到初三最后一次模拟考。我收获396分，满分是650分。我呆呆地坐在试卷旁默哀，任凭时间流逝，一直到小弦坐在我身边。我茫然地看着四周，只有小弦一个人在刺眼的灯光下慢慢地翻看我多灾多难的试卷。

我呜咽了起来："我知道我很笨，可是我也不想；我知道我不漂亮，而且还有点胖，可是这不是我的错！哇……"我终于毫无顾忌地哭出了声。

小弦手足无措地看着我泻洪般的眼泪涌进我张大的嘴巴："你不要对着我哭嘛，别人还以为是我把你惹哭了咧，其实我考得也不是很好，才班级第一，级部第三，这么差我也不知道该选哪所学校，你哭吧哭吧，我借给你肩膀，你要小心不要把鼻涕流在我肩上……"

"小弦！你个大浑蛋！有这样安慰人的吗？……"我边哭边往小弦的肩上抹眼泪和鼻涕，这时凯刚好进来拿书包，凯质问小弦为什么把女朋友惹哭了，小弦什么话也没说只是耸耸肩膀。我躲在小弦身后看凯悻悻地离开，顿时哭得更凶了。小弦凑在我耳边呢喃：“原来你喜欢凯啊……”

如果让我选择，我宁愿让恐龙吃掉也不愿让小弦知道我喜欢凯，虽然他答应我绝对保密，虽然我不停且不安地逼问小弦有没有把凯的事告诉别人，小弦一脸诚恳地告诉我：“怎么会呢，不可能！”结果第二天一进教室，几乎所有的人都来追问我是不是真的喜欢凯，我愤怒地回过头要找小弦算账，却只瞥见一个匆忙逃窜的身影，哼！跑得了和尚跑不了庙，回头再找你算账。

凯终于被铃声召回，安静地坐到座位上，我死死盯住他，希望他一直就这样坐着，坐在我的目光里。我想如果他主动搭理我，我的脸会红得像猪肝一样。凯是个温柔的男生，所以只扔过来一个纸团，上面只有四个字“不可能的”。虽然我早有心理准备，可心里还是涩涩的。看着自己喜欢的男生从身边走开是种透彻的痛苦。我把所有的痛苦和悲伤发泄在小弦身上，冲小弦大吼：“我只想安安静静地喜欢一个人，难道这也不行吗？我只想暗恋着我喜欢的男生，一直到把他忘记，你知不知道啊？你有那么多女孩喜欢，为什么还要来消遣我！”怒从悲中来，转身跑开，撇下小弦一个人杵在那儿嗫嚅着：“不是我，不是我，我真的没说……”

我哭着往家跑，我想我已经成了坏女孩了，我想以后再也不会跟小弦有说有笑了。我跑呀跑呀跑，一直到看见有个身影堵在家门口，不是小弦是凯。凯告诉我：“你知道小弦上初三以后为什么突然不受女生们欢迎了吗？他告诉所有喜欢他的女生他已经有喜欢的人了，我想你应该知道他喜欢的女孩是谁，他只告诉我他喜欢的女孩喜欢我，那女孩很容易受伤也很傻，没有人能照顾她，除了他，所以我想如果你很伤心我向你道歉，但是你不应该责怪他。”凯的背影慢慢迷糊，留下我自己在风里心痛和哭泣。

后来的两个月，我再没见到小弦。我做完功课闲下来的时候就画画，画凯画小弦画我想画的东西，结果两个月后我以美术特招生的身份考上了我们这儿最好的学校——实验高中。拿到录取通知书的那天晚上，我见到了小弦——小弦的妈妈在我家聊天，小弦突然闯进了我的房间里对着穿睡衣的我说：“我很想你，很对不起，我跟凯说你喜欢他，可是你知道我喜欢的女生既差劲又迟钝，有时候很笨而且又爱哭，最重要的是她不会骑单车，可是我很乐意带着她因为我喜欢她，我想我任何时候都不应该放弃，所以我恳求她以后继续跟我一起上学放学，因为我跟她仍会在同一所学校，那样我会很开心，那么你认为呢？”

我扑过去抱住小弦的胳膊对他耳语：“小弦我也好想你，我也喜欢坐在你的后车座上，没有你我真的快乐不起来！我不得不承认我也喜欢你。可是小弦，我不想爱你，请允许我只喜欢你。”

小弦握紧了我的手，我感觉到了我的手温慢慢传给小弦，我想我以后会跟小弦很快乐……

我知道浪漫的爱情属于公主和王子，凯是王子，小弦也是王子，可是我不是公主也不是好运的灰姑娘，所以我还有些不想抛弃的东西留在心底，例如我和小弦，我想我们会永远保持着友谊，哪怕他只是整天跟我斗嘴。

聊天室

爱情是可遇不可求的，不属于自己的何必非得强求呢，像从前一样快快乐乐地“斗争”不也很好吗？

那只“臭老鼠”

张琴

那天中午，我万分沮丧地慢吞吞地收拾着书包，银鼠也在我后面装作若无其事地收拾着，教室空无一人的时候，他蓦地过来揪住我一只耳朵，怒气冲冲地问：“谁要你多管闲事的？”

“银鼠”是张文球的外号，天知道这是谁给他取的名儿，但真的很贴切，说起他，我就有一肚子的气。

星期一，本人心情好得一塌糊涂。早晨，我带着满身的阳光和身上小饰物发出的清脆无比的铃声踏进了教室，刚刚走进教室，就听见那个眼睛不是眼睛鼻子不是鼻子的家伙发出了一声响亮的怪音：“嘁！”

我根本不用抬头，就知道那个声音是从哪里发出的，随手抓了一本书丢过去，书在空中划了一道优美的弧线，恶狠狠又准确无比地朝那家伙的脸部撞击过去。

那个倒霉的家伙就是“银鼠”，“银鼠”如果德行好点儿的话，也算得上是半个帅哥，可他一向那样，真让人不齿。

而我对他一向没有什么好感，在我看来，我们的“银鼠”班长就是那种巨大的哺乳动物，属于成绩好但又特歧视女生的那一种——要么十天半月不同女生讲一句话，要么就是糗着一张脸从牙缝挤出一句揶揄话，尽管这样，他身上那股踢完足球留下的汗味还是吸引了班上大半在我看来极为白痴的女生，比方我的同桌灵灵。

灵灵，人如其名，是个单纯得简直有点儿让人受不了的女孩，但是那人见人怜的模样实在让人忍不下心来责怪她，所以，个头矮小的我还是坚持把她纳入到自己的翼下，若有谁敢欺负她，我一定得跳出去痛快地收拾他一顿，直至对方赔礼道歉才罢休。

也许早已习惯了帮助灵灵这样的弱者，在得知她暗恋“银鼠”如此辛苦后，我万分刻薄地损了她一顿，并决定帮助她，不过代价是两只鸡大腿和八只鸡翅膀外加一顶太阳帽，灵灵大呼交友不慎悔之晚矣后还是感恩戴德地应允了。

我一面暗自欣喜，一面开始绞尽脑汁地谋划了。虽然“银鼠”那可恶的脸上始终挂着一副不可接近的神情，但是我坚信靠灵灵那柔弱的美丽和我的绝顶聪明一定能使他那个榆木疙瘩开窍，毕竟他只是个凡夫俗子嘛。

我开始有意无意地接近“银鼠”。

巧妙地打听他对灵灵的感觉，可是我发现我确实低估了他的能力，“银鼠”绝对能够避开这方面的话题，让我不好再多探询什么。我只好把哪怕他提到的灵灵的点滴都收集起来，灵灵自然欣喜若狂，我却总觉得自己有点儿委屈。

在参照了几十本言情小说后，我决定让灵灵装作不小心撞到了他，然后一屁股往地上一跌。不过事后我才发现这实在不是高明的一招，因为灵灵天生是个失败的表演者，她竟然将“银鼠”撞倒在了地上。我捶胸顿足，只得看着她很无辜地将一脸无辜的“银鼠”拉了起来……这就意味着我的幻想暂告一段落了。

那天中午，我万分沮丧地慢吞吞地收拾着书包，“银鼠”也在我后面装作若无其事地收拾着，教室空无一人的时候，他蓦地过来揪住我一只耳朵，怒气冲冲地问：“谁要你多管闲事的？”

我气得七窍生烟，使劲把耳朵往回拽。我顿时明白他知道我的“阴谋”了，但我依然嘴硬：“关你什么事？我高兴！”

他的一张臭脸顿时垮了下来：“气死我了！”

我龇牙咧嘴：“关我什么事呀？”

他叹了一口气，松开了手，转过身就走，那一刻，我听见他认真地说道：“以后不用你操心了，告诉你，我喜欢一个绰号叫‘傻瓜’的女孩。”

我的心口突地一空，觉得一股热气涌上鼻尖，我说不出这是一种什么感觉，但我清楚，绝对不是因为他漠然的神情，更不是因为对灵灵的惋惜，我只知道自己很难过。他突然奇怪地瞅了我一眼，高深莫测地笑笑，就走开了。

可惜我对那个“傻瓜”的情况无从所知，也许那是个异常优秀的女孩子吧，我叹了口气，劝灵灵放弃，灵灵呆呆地听着，然后开始小声地啜泣。我听着心烦，第一次吼了她，她哭得更大声了，我使劲堵住耳朵，心想，怎么会这样呢？莫名其妙，我怎么会吼灵灵了呢？

以后，我再见到“银鼠”时就浑身不自在，但又习惯了在人群中搜索他的身影，又常常羡慕起那个无缘见面的“傻瓜”，但“银鼠”的表现却是一切正常，仍是刻苦地学习，仍是时常高深莫测地笑着。

也许，因为快要高考了吧，每个人都异常拼命，我和“银鼠”也不例外。到这个时候，我们谁也没有精力去想或考虑其他的事情了，我们必须为未来背水一战，第一次去经历那种弱肉强食的残酷。我们都暂且把所有的疑惑悄悄地隐藏了起来，只是将这一微妙的感觉搁置心底。

可是，直到有一天。也就是高考前一个月左右的一天，“银鼠”却从我的视线里消失了，而且接下来的几天里，那座位一直都是空荡荡的。我掩饰住心里的焦虑，装作只是无意地问问周围的同学他怎么了。没有一个人清楚，只知道他在那天凌晨匆匆地跟着叔叔走了。

我不知道他怎么了，也想象不出，事实上根本没有人知道，可是，我却能看见他眼中那抹刻骨铭心的伤痛，也许因为那个外号叫“傻瓜”的女孩儿吧，我这样想着。可是，我大错特错了，我终于彻底地认识了他，明白了什么叫做坚强。

那天晚上，我在教室里学到很晚。当我走出来的时候，同伴都回宿舍了，我壮着胆从昏暗的楼梯下去，突地发现楼梯口上似乎坐着一个吸烟的人，红光一闪一闪的，心里一阵紧张，转身想折回去，蓦地听见他的声音：“别怕！是我！”

我松了口气，走过去在他身边坐下，轻声问：“怎么了？银鼠？”

半晌，他幽幽地说：“我父亲去世了。”

我呆呆地注视着眼前这个男孩，泪水突然滑落，惨淡的月光下，他嘴角露出一丝迷离的笑容，笨拙地用手替我拭去了眼泪："别哭了，傻丫头，我最见不得女孩子掉泪了。"

那晚，我们就这样呆呆地坐了很久，什么话也不讲，直到他拍拍我的肩说："好了，该回去了！"

然后，又是死寂的学习，我几乎再没有同他讲过一句话，只是偶尔与他那双黑色的眸子交错，我用眼神坚定地告诉他："无论何时何地，无论你遭遇了怎样的不幸，都会有我陪伴在你的周围。"他微微一笑，算是领会了。

我们就这样走上了高考的战场，结果自然大失所望，唯一值得庆幸的是我们估算的成绩还不至于找不到一个容身之地。我以为所有的故事到这里就结束了，我写了一封长信引用名人逸事鼓励他振作起来，可是也许是长长的暑假生活医治了他的伤痛吧，他又成了那一副死样。直到开学前，我收到了他的回信，那是一张薄薄的不知道从哪个写字本上扯下来的一张纸，上面写道："傻瓜，花了两个月的时间读完了你的信，那种感觉真好。我好了，银鼠。"

我从心里骂了一句："死老鼠！"

聊天室

虽然张琴和"银鼠"之间斗争不断，但他们并不反感对方，恰恰相反，他们还对对方有好感呢！有时候，我们为了保护自己，总是习惯地将内心的真实想法掩盖起来，其实这完全没有必要，只要大家都敞开心扉，那么同学之间的融洽会越来越多。

下不为例

贾周通

星期一早晨，我和小周在校门口碰面了。我正想开口对小周说“对不起”，谁知，他气嘟嘟地扭头便走。我跟在后面“喂喂”地叫，他猛地转过头吼道：“我不要你叫！你这个说话不算数的小人！以后就别跟我在一起！”

小周和我是同班同学，他是班上的体育委员，而我则是副班长。从初中一年级到现在，我俩一直是形影不离的好朋友，彼此无话不说。

星期五那天放学时，小周问我：“明天我想到新华书店去买几本书。你有空吗？要不咱俩一起去！”

“简直太好啦！我也正想问你呢！我们一道去！”反正明天也没事，去就去吧，我干脆地答道，“七点半，怎么样？”

“好，在樟树坪车站等，不见不散。”

商量妥当之后，我俩兴高采烈地分别了。

谁知天有不测风云，第二天早上，姐姐出去买菜时不小心被一辆三轮车给撞了，肇事车主逃之夭夭，全家人都很担心。姐姐伤势不轻，爸爸拉着我一起送她到医院，这让我十分为难——送姐姐到医院，小周那边怎么办？他还在等我呢！

见我神思恍惚，爸爸呵斥我：“通通，你在琢磨什么呢？姐姐都这样了你还心不在焉的？”

是呀，还是先救姐姐要紧，你看地上一摊血，怪吓人的，等会儿到医院之后再给小周打个电话说明情况吧!

然而，让我没想到的是，到了医院之后，排队、挂号忙个不停，我竟将这事儿忘到九霄云外去了，直到晚上睡觉时，才记起了自己与小周的约定，但为时已晚了。怎么办?我心情懊恼，小周会不会原谅我呢?

星期一早晨，我和小周在校门口碰面了。我正想开口对小周说“对不起”，谁知，他气嘟嘟地扭头便走。我跟在后面“喂喂”地叫，他猛地转过头吼道：“我不要你叫！你这个说话不算数的小人！以后就别跟我在一起！”

听了小周的话，我只得默不作声地离开，看来这次小周对我的误会很深。

中午放学时，我见小周正和班上另外几个要好的同学在一起开玩笑，就有意识地走过来想和他搭话。可小周一见我走过来了，气就不打一处来，立即收起笑容走了。在场的那几个同学见我如此这般，感到很纳闷：怎么啦?闹矛盾了?

知道内情的小凯对大家说：怎么?你们不知道啊?周通昨天得罪小周啦!他们约好了七点半见面一起去买书，人家在樟树坪车站空等了他两个钟头，心里能好受吗?小周正怪他失约呢!

小凯是我的哥们，竟然连他也不能理解我，我很难过：“小凯，我不是故意的，我姐姐她……”一急之下，我把事情经过如此这般地说了一遍。然后抬头望了望正在操场上赌气的小周。

听了我的话，小凯颇为同情：“既然有原因，你就应该主动跟人家解释嘛！”

“解释?”一提这词我就沮丧，“小周现在在气头上，他听不进我的话。”

“你等着，我帮你摆平这事！”小凯打了个响指朝小周走去。

下午自习课，我正坐在座位上做作业，肩膀突然被人狠狠地拍了一下，铺在桌面上的草稿纸都被我手中的圆珠笔戳了个大花脸。

转过头去正待发作，忽然看见了小周的脸，他似乎有些不满地说：“哥们儿，这次我就饶了你，下次如果再犯的话，我绝对要扒了你的皮！”

“是是！”我唯唯诺诺一个劲儿地说对不起。

哈哈，我们俩又重归于好啦。

聊天室

对于别人的失信，要具体情况具体分析，即使别人的失信给自己造成了一定的损害，也要允许人家解释和说明，能谅解的要尽量谅解，不要得理不饶人。每个人都可能会遇到意想不到的事，一解释，就可能消除疑虑。不让解释，拒绝沟通，矛盾只能越来越深，感情也会越来越陌生。

这个丫头有点儿凶

刘吉祥

天有不测风云，不知是哪个家伙打开了窗户，一阵风钻了进来，我眼睁睁地看着一粒粒的瓜子壳“飞”到了野蛮女生的桌子底下，顿时脑子一片空白。还没等我反应过来，野蛮女生已经站起身来左手叉腰右手指着我说：“你，你……”在三分之二秒内，我桌上的书本全被她的那双小手扔出了窗外，全班同学一片愕然。

高一下学期的时候，过道的另一边来了位漂亮女生，以为总算有“花香可闻”的我却打错了主意。

要命的是，她有洁癖。不过她的领地的确很干净，课桌里总是整理得书是书、本是本，有条不紊、干干净净。桌椅也总是擦拭得漆亮漆亮的，像是新涂了一层油。她从头到脚的衣着打扮更是一尘不染，清新可人。

更过分的是，她的洁癖无法仅限于她自己——最起码她要干涉一下四面八方，很显然我也在她干涉的范围之内，即便隔了一条过道，也是一样在劫难逃。她说她实在不能忍受像我这样近距离的脏和乱。

“同学，请不要把瓜子壳丢在地上，风一刮不就到我这边来了吗？”她涨红着小脸斥责我。

哇，这丫头好凶啊！从来只有我冒犯别人，没想到这丫头竟然胆敢犯我，这下我可来劲儿了：“这是室内，哪来的风？你可不要没事找事，哼！”

“算你有理！但你最好别惹我，否则我会让你死得很难看！”这位姐姐鼻子里哼了一声，让我倒抽一口冷气，哟，这回可遇上敌手了。

咱男子汉大丈夫绝对不能做出丝毫的让步，更不能被她控制，不然也太没面子了。

谁知，天有不测风云，不知是哪个家伙打开了窗户，一阵风钻了进来，我眼睁睁地看着一粒粒的瓜子壳“飞”到了野蛮女生的桌子底下，顿时脑子一片空白。

还没等我反应过来，野蛮女生已经站起身来左手叉腰右手指着我说：“你，你……”在三分之二秒内，我桌上的书本全被她的那双小手扔出了窗外，全班同学一片愕然。

我郁闷啊！

放学后，哥们儿纷纷过来嘲笑我：“嘿，这回没辙了吧？遇上个母夜叉日子有得过啦！”

“哈哈，哥们儿，你觉得这位新同学怎么样啊？”

我嘴边流着口水说：“这样的女生我喜欢！”

众人晕倒，但我却不顾一切地开始了自己的征服之旅。

我仍旧我行我素，一副绝不妥协的样子。桌子依旧很乱，课本扔得哪儿都是，废纸全扔凳子腿儿旁边，鼻涕照样还往桌子下面抹。

为了讨好她，我开始给她讲笑话，她夸张的笑声常使我们俩成为全班的“焦点”。

一天放学后，我笑嘻嘻地叫住她说：“我可以问你三个问题吗？”

她说：“你问吧，只要能回答的我自然会说！”

我又说：“那你可以诚实地回答我并遵守承诺吗？”

她催促我说：“你到底想要问我什么？能不能快点儿，我还有事。”

“第一个问题：你可不可以只用‘是’或‘不是’来回答我以下两个问题？”

“可以。”

那好，第二个问题是：“如果我的第三个问题是请你周六陪我一同去看电影，那么第二个问题和第三个问题的答案是一致的吗？”

她瞠目。我想这个世界上很难找到可以回答这个问题的人。

周六我在她家楼下等了她半天，也没看她下楼来。后来实在等得急了，我就冲楼上喊：林子，林子——你在哪？

嘿！她还真来劲，任我怎么叫，就是不下楼。

很多好事的人，开了窗子往下看，那眼神就像看一只动物，并且是那种已经灭绝或者将要灭绝的动物，比如恐龙什么的，再比如外星人，我也不管不顾了。

“丫儿看什么看？小心我抠了你的眼珠子！”气急了的我迁怒于他人。

一句话还没说完，楼上传来一句清脆的女声：“同桌，我在这儿呢！”

我欣喜若狂地抬头望去，一片“白色”朝我的头上落了下来，我暗叫一声“不好”，可惜已经来不及了，顿时，我浑身湿透成了落汤鸡，再看，同桌正端着一个空塑料盆朝我做鬼脸呢！

“臭丫头，这是什么水啊，你泼我一身！”

“哈，没什么，本小姐的香脚稍微泡了一下而已，哈哈！”

“啊？……”我晕。

嗓子也喊累了，小腿也跑细了，衣服也淋湿了，只好收兵。

学校里又见到了林子，我问她怎么这么残忍，她就说谁让我骗她呢，问出三个那样的问题，还在她家楼下喊，多丢人。事情发展到最后，居然还是我的错了，呵呵。

此后，我改变了进攻方式。每次课间，只要教室里没有老师，我就朝着她唱歌，一首接一首地献歌，班里同学的耳朵都快被我磨出趼子来了。

于是每一个课间都成了她最难挨的时候，呵呵，谁让她折磨我呢？我不给她点颜色看看，她不知道猫有四条腿。

林子终于“鼓起”勇气，把我大骂了一顿，其实，我早就有心理准备的，丝毫也没在乎，依然我行我素。

更过分的是，她居然告到了校长那里。校长找我谈话，告诫我不要总是对着女孩子唱歌，那样会影响人家学习的。我脸皮也厚，振振有词地辩解道，其实我什么都没有做，一没有打架，二也没有骂人，更没有影响人家学习，我只不过是在课间唱唱歌而已，谁说了课间不能唱歌啊？

我依旧穿黑色T恤，戴一顶鸭舌帽，帽子反着戴，把“鸭舌头”遮着后脑勺。体育课上手里抱着一个篮球，像个小流氓似的悠闲地走向篮球场。然后径直从目瞪口呆的林子跟前走过，我看到她的蓝裙子被风拂动，不知道她的心有没有被我酷毙的造型给融化掉。

为了吸引她的注意，我开始为她表演最拿手的三步上篮，还特意把球在背后绕上一圈，或者把球从腿下边绕过来，然后再准确无误地投进篮筐。

许多女生很起劲地叫好，我把班里原来所有的男生全都比下去了。

我又抱了球从球场上走过来，径直走到她跟前，然后把球在手里侧上一拧，顺势用食指顶住，球便在我的食指上转动起来。我转身往球场走，球慢下来时我就抖动一下右手的食指加速，一直走进球场，那球还在我手上转得好好的呢。

许多女生都用羡慕的眼光看着她，而她呢，终于也笑了，很快乐的样子。然后，她就和那些女生一起看我在球场上打球。

放学后，我又痞子似的站在新学校门口的那棵老榕树下面拦住林子，蓝蓝的天蓝蓝的云……我一边乜斜着眼睛一边漫不经心地吹着口哨。

她急了，说我要是再缠着她，她就叫她哥来收拾我了。我踮着脚尖四处张望，眼神里很不争气地流露出害怕的神情。林子更加嚣张了，叫我快滚蛋。我把整张十分英俊的脸凑到她跟前，透过她的瞳孔，我看到了惊慌失措的原来不是自己，是她，她大喊，耍流氓啊！然后飞也似的逃了。

我就在她背后笑她，叫你哥来啊，好怕啊，好怕啊，我怕死了哦……

后来，她终于还是没有叫她哥来，其实，她根本就没有什么哥哥，只有个弟弟，还是个小不点，呵呵，现在想想，真够乐的。

这就叫“山外青山楼外楼，还有英雄在前头”，以后碰到野蛮的女生，我都有办法将她拿下！

聊天室

女孩的洁癖是有些令人心烦，但是男生不讲卫生可不是一个好习惯，对待野蛮的男生态度可以强硬一点，对待野蛮的女生就大可不必这样做了，毕竟“好男不跟女斗嘛”！

那个排外的女孩

小 薇

见我正优哉游哉地坐在一个树杈上，边摘边吃，王桥一时气愤，说："哼，有什么了不起的，看我的！"三两下，她就爬上了另一边的一个树杈，还故意比我坐得更高一些，把摘来的榆钱一把把撒下去，同学们都高兴地大喊，她得意极了。

初一那年，我从重庆转到这所学校，因为操着一口叫人难懂的四川话，同学们都不愿意理我，班上有个叫王桥的女孩最让人觉得可气，只要我一说话，她就四处广播："大家快来听哦，大家快来听哦，小鸟又开始唱歌啦！"

我气急了，要跟她吵架，没想到她招来一群伙伴，我一见形势不对，"好女"不吃眼前亏，先保全自身生命安全再说，我一溜烟跑了。

但我心里很不服气，你们广东话才难听呢，跟什么似的。

刚入校，我很着急，因为不懂广东话，而很多老师又不讲国语，上课对于我来说就像是听天书，原本成绩优异的我一下子落到了全班倒数，我的心情好沮丧啊。爸爸见情况不妙，赶紧请了个家教给我补落下的课。

而那段时间，我只能忍受王桥她们的嘲笑，没办法，谁叫我是外地人呢，被排外也正常。

王桥每次都是班级第一名，又是学习委员，每次发卷子的时候，她总是刻意地大声念出我的分数：36！48！……

弄得我满脸通红，却又无可奈何，我在心里暗暗发誓，我绝对不要再做差生，我要超过他们。

功夫不负有心人，时间长了，我不仅能够听懂广东话还能说一点了。我竭尽全力要融入目前这个新环境中来。很快，成绩就上来了，老师对我的关注也更多了。不久，老师开始当着全班同学的面念我的作文，称赞我是个努力上进的好学生。

开始的时候，王桥对此还不屑一顾，称我只是偶尔，考试成绩好是“抄得很舒服”，我虽然心里有气，也懒得跟她争辩。

一次两次也就无所谓了，等到初一上学期结束，期末考试成绩公布后，我赫然占据着第一名的位置，而王桥却落到了第二。嘿，我总算出了口气，心里爽极了，王桥却哭了。看着她红红的眼睛，我的心里很不是滋味。从那以后，她很长时间没有理我，只是不再小瞧我了。

新学期开始了，她开始憋着股劲和我进行各种各样的比赛，明里暗里，都把我当作自己赶超的对象。如果我数学考了第一，她一定要在语文测验中拿头名；如果我参加了校运会的百米短跑，她就报名参加1000米的长跑比赛；如果我在文艺演出中表演唱歌，她就准备舞蹈。有时候，她还在同学中间中伤我，说我眼里只有自己，甚至拉帮结派地孤立我。

我是个十分要强的人，看出了她的目的后，虽然有些落寞，但很快便又恢复了先前的好胜性格，事事努力，似乎对她的挑战无动于衷，虽然独来独往，但从不认输。

那时候，我们学校操场正中央有一棵枝繁叶茂的榆树，每到初春树梢头就会爆出许多嫩嫩绿绿的榆钱，课余时间我们常去采摘，品尝它的清甜美味。

那天放学之后，我们又一起来到树旁玩耍，有个同学突然说道：“你们看啊，小薇她摘得真多。”

见我正优哉游哉地坐在一个树杈上，边摘边吃，王桥一时气愤，说：“哼，有什么了不起的，看我的！”三两下，她就爬上了另一边的一个树杈，还故意比我坐得更高一些，把摘来的榆钱一把把撒下去，同学们都高兴地大喊，她得意极了。

我一看不对劲，赶紧劝她：“王桥，那根树枝有裂缝，你还是快下去吧！”我的语气里满是焦急。

“哼，我才不上当呢！”她把嘴一撇对我理也不理。

我也生气了，把手里的榆钱一下子全部扔掉，说：“算你摘得多，这下好了吧？那你快下去吧！”

“你认输了吧？你先下去呀！”她就像是终于占领了一个高地的将军。

“你的心眼这么小，我才不要和你做朋友呢，连做敌人我都不愿意。”我边说边下去了。

我刚下地，突然，头上的枝丫“啪”的一声断裂，我连惊呼都来不及出口，王桥的身子已开始落下来，最担心的事情终于发生了……

更不幸的是，她掉在我的身上，我一下子失去了知觉……

我在家休养的那段时间，王桥曾经到我家门口偷偷张望过，然后就逃了，我的父母没有责怪她，只是听说她哭得很凶，说自己不该。

不久，我回到了重庆，临走前，王桥送给我一包香囊，哭得跟个泪人似的，我则宽慰地说道：“同学，你要继续努力啊！我把第一名还给你！”

她哭得更厉害了。

聊天室

在友谊中，我们应该正确看待嫉妒与竞争，将它们看做是友谊的组成因素并掌握其分寸，这样来理解，嫉妒就不致引起危害。如果在友谊中没有嫉妒，那么友谊就缺少了一分活力。然而，若嫉妒开始占上风，那么友谊就面临着危机了。

前桌好霸道

范英

这家伙在家受宠坏了，有时候斗嘴，明明是他理亏了，他却气咻咻地拿起我课桌上的书啊、资料啊一本接一本地砸我，我左挡右挡，一本一本地拾起，拍拍灰尘整齐地排放好；他又拿起摆好的书朝我丢来，我仍是笑嘻嘻的。最后，他也有些不好意思了，问我书有没有摔坏，那表情特好笑。

初三那年，年级重新分班，将成绩好的学生组成一个快班，于是，别班的一些成绩好的同学拥进了我们初三（5）班。

不过，新班级成立近两个月了，彼此之间并不熟悉。我连坐在身后的同学都没有看清。

有一天，我被一个问题难住了，于是敲了敲前桌的椅子，他转过身来，问我："同学，你有什么事吗？我这会儿不想玩！"

哈，这个男生真有意思，我并没有说找他玩哪！

"我，我有个问题要问你！"我把英语课本摆在他的面前，露出很虚心的样子，可他讲了半天，我还是弄不明白。

他突然停止了讲话，我抬头一看，他眉头紧锁，突然厉声问我："同学，明白了吗？你是不是来找碴儿的！"

我露出无辜的眼神。

他不屑地对我说："没见过你这么笨的。"

被他嘲弄，我心里很委屈，唉，没办法，人家成绩好，咱受点委屈又能算什么呢？我细声细语地对他说："对不起，我知道我很笨，但我真的不会！"

可能是我当时的表情太可怜了吧！他很大方地对我说："算啦！你也不容易，以后有什么问题就找大哥我吧，我不会推辞的！"

就这样，我跟他建立了"同盟关系"。

前桌的性格急躁，什么事情都要风风火火、一步到位。而我则慢条斯理，稳扎稳打。我们互相请教学习上的问题，有时他总是为我这种慢慢悠悠的态度急得跳脚；而我，常常也是在他噼噼啪啪解答完后，仍一头雾水，然后就是先斗嘴，接着才认真地讨论。在这样笑笑闹闹中，我们渐渐熟悉了。

这家伙在家受宠坏了，有时候斗嘴，明明是他理亏了，他却气咻咻地拿起我课桌上的书啊、资料啊一本接一本地砸我，我左挡右挡，一本一本地拾起，拍拍灰尘整齐地排放好；他又拿起摆好的书朝我丢来，我仍是笑嘻嘻的。最后，他也有些不好意思了，问我书有没有摔坏，那表情特好笑。

前桌长得并不高，也不抢眼，很普通，汉字写得乱糟糟，眼神似笑非笑，他的揶揄让我每每气得转过身去，想半天才想出反击的句子，可那又怎么样呢？我有一些喜欢他了，于是，面对他有一些不自在，他叫我，我不理他，因为我心里有鬼啊！

他呢，虽然霸道不讲理，但人缘却出奇的好，许多女生也喜欢和他讨论问题，每当那个时候，我就气得想砸东西，想骂人。事后，他才傻傻地问："为什么不理我了？"

一个学期后，班上换座位，我坐第一组，他坐第四组。学习很紧张，再也没有时间闲聊，而且隔着两个组，我们再也没了交谈的机会。

我好希望像以前一样，下了课，他转过身来，敲敲我的桌子，对着我说说笑笑……

聊天室

男孩女孩在无意识的嬉闹之中产生了一份朦胧的感情，幸亏双方还算理智，才没有走上早恋的道路。青春期少男少女千万要把握好与异性交往的分寸，不要轻易步入迷茫的境地。

一封挑战书

阿 兵

有一天晚上，我正在教室里做作业，忽然从前排传来一封信，我觉得很奇怪，不知道他们在搞什么名堂，没想到那封信的信封上居然写着“挑战书”三个大字，原来阿龙他们约我星期天到指定地点去“比武”。

我就读于一所文武兼修的武术学校，因为是外地人，理所当然地受到了别人的排斥，当地的学生经常合伙欺负我，可我只能敢怒不敢言。

有一天，我应邀参加一场足球赛，正当我积极跑位，准备接应队友的时候，没想到就在回头的瞬间，脑袋大的足球竟然急速地朝我的脸上飞来。还没等我反应过来，足球已经重重地砸在了我的脸上，半边脸都麻木了，满嘴都是血，我忍住疼痛，吐出一口污血，竟然掉下一颗牙齿来！但我没有哭，只是捂着嘴巴朝学校食堂里的水龙头奔去。

“肇事者”阿龙在我的身后笑着喊道：“嘿，哥们，实在对不起哦，我不是故意的！踢足球嘛，难免会发生意外！……”

其他的同学也像看猴把戏一样地瞧着我，没有半点怜悯与同情，我恨得咬牙切齿却什么都说不出来。

在学校的日子里，我常受阿龙他们欺负，几乎每天身上都带伤。

没过多久，我又得罪了“阿龙”。那天，我在食堂里打饭，有个比我矮了一个头的小家伙居然闪到我的前面想插队。其实，打饭插个队也没什么的，但他连个招呼都不打，这让我很是生气，看来这家伙完全不把我放在眼里，哼，小家伙也想欺负人，简直无法无天了。

我没好气地提醒说："同学，请你到后面排队去！"

他从鼻孔里哼了一声："老子就要排在你的前面，你能怎么样？乡下佬！"

看来我平时里被人欺负惯了，这家伙也想在我的头上拉屎撒尿了，但这回我却偏偏当仁不让，我不想欺负人，但我要为自己讨得尊严，我立即将负责维持秩序的值班老师招呼了过来，说明了情况，生气的老师将他揪出了队伍，他一边走一边还在骂骂咧咧地威胁我让我走着瞧。

我以为那家伙不过是为了在人前斗斗狠，挽回一点面子而已，然而让人没想到的是，他还来劲儿了，这下麻烦真的找上门来了。

原来他在学校有靠山，认阿龙做了"老大"，难怪才这么有恃无恐。

有一天晚上，我正在教室里做作业，忽然从前排传来一封信，我觉得很奇怪，不知道他们在搞什么名堂，没想到那封信的信封上居然写着"挑战书"三个大字，原来阿龙他们约我星期天到指定地点去"比武"。

放下信，我心情忐忑，是迎战还是退缩呢？想到即便退缩也要被他们整一顿，我心里有些恼怒，打就打，谁怕谁啊！要说，硬拼我肯定不是那小子和阿龙两人的对手，现在的我只能借助于外部手段来弥补不足，叫他们知道我的厉害。

那段时间，我正在看古龙的小说，受"小李飞刀"的启发，我买回了两把小刀，天天在学校后面的小树林里练习，期望到时候给他们俩来个下马威，看他们还凶不凶。

我听别人说，阿龙他们几个要把我脸蛋打肿，跪着地求饶才肯放过，我心里"哼"了一声，到时候还不知道谁向谁求饶呢！

离"比武"的日子还有大约一个星期的时间，我加强了飞刀练习。这期间我也几次与阿龙照面，他一掀鼻子，对我露出不屑一顾的神情，似乎根本就没有把我放在眼里。

比赛那天，我带上独门暗器来到了比武地点，阿龙吊儿郎当地挑衅道："就你，还想跟我斗？真是不自量力，我让你尝尝厉害！"

说完，他向我扑了过来，阿龙的确厉害，我根本就不是他的对手，就在我倒地准备发射飞刀的当儿，不知是谁喊道："老师来了！"

围观的同学燕子一般飞了，我和阿龙躲闪不及被老师逮了个正着。

教务处里，我的飞刀被老师收缴了，而阿龙在老师的批评下，也低下了高昂的头颅，硬着头皮跟我说了声："对不起！"

"你，以后看见你玩刀，我打断你的手！"面对严厉的老师我一个劲儿地点头。

"你，以后再欺负小同学，学校就开除你！"

阿龙一个劲儿地表决心："是是，老师，我以后再也不欺负人了！"

从那以后，阿龙果真收敛了许多，再也不敢动手动脚了。而我，想起那两把飞刀，心里还在打鼓，幸亏老师制止及时，要不然还不得闹出人命啊！

聊天室

面对别人的暴力和威胁，束手就擒无异于为虎作伥，但以暴制暴更是一种错上加错，中学生面对此类问题时，应该尽量请求大人和老师的帮助，以便更好地保护自己。

同学不该伤害我

泰勇

坐在我后排一个叫孙磊的小男孩出声了，他轻蔑地一笑，说："我看你还是别叫他了，我看他就是个穷光蛋，像个孤儿似的，哪有钱春游！"孙磊的话一下子说中了我的痛处，我的心里隐隐作痛。

好友不服气地为我出头，涨红了小脸与孙磊争执，末了，还对我说："张杰，这次春游你无论如何也得去，我请客！千万别被人看扁了！"

学校准备组织春游，而我还在犹豫要不要去，平日连交饭费都难以凑齐，春游属于额外消费，爸爸肯定不会给我钱的，还是不去了吧！我在心里想。

这时，好友跑过来问我："张杰，后天周末，老师组织春游，你去吗？"

我支支吾吾地说："我，我不想——去！"

"干吗不去？我请你吃冰激凌！去吧！"好友几乎是在哀求我了，可我心里的难言之隐他怎么能够理解呢！

这时，坐在我后排一个叫孙磊的小男孩出声了，他轻蔑地一笑，说："我看你还是别叫他了，我看他就是个穷光蛋，像个孤儿似的，哪有钱春游！"孙磊的话一下子说中了我的痛处，我的心里隐隐作痛。

好友不服气地为我出头，涨红了小脸与孙磊争执，末了，还对我说："张杰，这次春游你无论如何也得去，我请客！千万别被人看扁了！"

我站起来硬着头皮制止他们俩争执，说："你们别吵了，后天我和大家一起去就是了！我爸爸说那天带我出去玩，我现在决定跟大家一起去得了！”

虽然自己的挺身而出，让孙磊闭上了嘴巴，却使自己陷入了困境——这下，是不得不去啦，可钱又从哪儿来呢？

自从妈妈去世以后，爸爸也下岗了，家里穷得叮当响，我找谁去啊，真没辙。

一天的时间很快就过去了，再过一天就是春游的日子了，而我连车费都没能凑齐呢，真是急煞人也。可我已经在孙磊面前信誓旦旦地表明了态度，现在怎么能够退缩呢？让好友请客，我已说过不用了，这不太丢面子了吗？

因为家庭变故和家中经济的窘困，我已经多次在班上出够了洋相。这次，我无论如何也要按时缴清资料费，否则，又会遭到同学们的耻笑，而我已经受够了遭人耻笑的辛酸，不想再过这种日子了。

下午放学回家的时候，我看到几个乡下来的农民正拿着口袋在垃圾堆里找“宝贝”，我计上心头，现在易拉罐这么值钱，我要是多拾几个，那样就能卖钱，这样春游的钱不就有着落了吗？

易拉罐3毛一个，我至少得捡50个才能勉强凑够车饭费，我在大马路上溜达了两个多小时，书包里装得满满的，终于捡到了30多个。好，明天再捡20个就差不多了，这下不用为难爸爸了，我心里好高兴。

第二天，为了避免同学嘲笑，我将在校园里发现的易拉罐踩扁，然后悄悄地放进抽屉里。

中午，我就提前完成了任务，心里满是喜悦，高高兴兴地跟好友一块儿上厕所去了。

可回到班级一看，情况有点儿不妙，只见好多同学围在我的桌子旁边：发生什么事了，我赶紧跑了过去。

只见孙磊那家伙正在向大家宣传：“同学们，你们看哪，咱们班张杰可是个破烂王，捡了这么多易拉罐，大家行行好，以后有易拉罐的都放到他桌子里来啊！看，我现在就捐献一个！”

听他这么一来，几个富有“同情心”的同学真的将自己的饮料赶紧一口喝完，将易拉罐扔了进来。

见此情景，我再也忍不住了，哭着跑出了教室。

好友在我的身后喊："张杰，张杰！"可我依旧头也不回。

随后的那节课我一直躲在学校的生物园里哭泣，直到被值班老师发现将我送回了班主任的手中，我才又重新回到了班级。

孙磊正在讲台上一边流泪一边做检讨："同学们，我，我不对，是我伤害了张杰同学，对，对不起！"

我的泪水汹涌而下。

聊天室

贫穷本不是什么罪过，男孩也无须伤感，同学对你的伤害只是因为年少无知。说出你的难处来，没准大家还能帮助你呢！

同桌拿我寻开心

小 青

我的同桌，那个调皮的男孩正好抓住了我的痛处，想着法子拿我取乐，我正在专心致志地写作业，他突然趁我不注意，稍一使劲蹬我的凳子，只听“哗啦”一声，顿时我一屁股坐到了地上，虽然摔得很疼，但我却不敢声张，只得从地上爬起来，抹着眼泪继续做题。

初来乍到，教室已经坐得满满当当的了，只有最后一排的角落还有一个位置，无奈之下，我只能随遇而安地自觉奔那儿去了。

同桌男生看起来很调皮，他一会儿动动我的文具盒，一会儿又伸长脖子来看看我的脸，弄得我心里毛毛的，只能低着头默默地看书，做着不会做的题目。

一会儿，他又和前后桌议论纷纷，有说有笑，好像还对我指指点点的，不知在搞什么名堂，我觉得有些莫名其妙。

说实在的，坐在最后一排也没什么，只是我坐的那条凳子坏了一条腿，实在有些危险。为了保证安全，我只能尽量保持“安静”并且得时刻留意着，免得一不小心从凳子上摔下来。

可恶的是，我的同桌，那个调皮的男孩正好抓住了我的痛处，想着法子拿我取乐，我正在专心致志地写作业，他突然趁我不注意，稍一使劲蹬我的凳子，只听“哗啦”一声，顿时我一屁股坐到了地上，虽然摔得很疼，但我却不敢声张，只得从地上爬起来，抹着眼泪继续做题。

更糟糕的是，有一天班主任老师正在上课的时候，我这个被人忽视的角落突然发生了“意外”——同桌男孩故技重演，我一个不小心，又闪在了地上，桌上的书本、文具盒也一起摔在了地上。

听到异样的响声之后，全班同学都像看动物园的猴子表演一样伸长了脖子看我，同桌和其他的同学一样，坐在自己的位置上，笑得前仰后合。

我坐在冰凉的水泥地上，又气又疼，气这条残疾的凳子，也气自己太笨，更气这个坏同桌竟然在课堂上搞恶作剧，害得我当众出丑。这一下摔得不轻，我半天也没爬起来，身上多处摔得很疼。说真的，我后悔来这儿上学，陌生的环境让我感到少有温情，我真想回家去。

听到异样的响声之后，老师愣了一下，接着停止了讲课。我以为自己扰乱了正常的课堂教学秩序，肯定会挨一顿猛烈的批评，谁知老师却从前排走过来，把我扶起，又帮我把文具盒和书捡了起来，然后缓慢走上讲台，平静地说：“这样很有趣吗？要不哪位同学也坐坐这把三条腿的凳子？”

他的目光在教室内环视了一周，教室内顿时变得鸦雀无声了。最后老师的目光盯住了同桌，提高音量继续说：“嗬，应该是很有趣呀，刚才大家不是还高兴得笑吗？”

同学们没有说话，全都低着头，有的人在回头看我的同桌，而同桌的脸红得像猴屁股。老师说：“大家都非常聪明，都知道坐三条腿的凳子不好受，本来，同学有了困难应该互相帮助，你们不但不帮反而拿她取乐，我想，大家都应该好好反思反思！自己心存这样的念头是不是很光荣？”

老师弯下腰，将自己用的椅子搬到我的座位处，让我坐上继续听课，班上的秩序很快就恢复了正常。

课后，红着脸的同桌喃喃地找我道歉，听着他的话，我的脸更红了，不知道该说些什么才好。

聊天室

同学有困难就该伸出无私的援助之手，嘲笑和恶作剧更是不应该的，那只会破坏同学之间的友好情谊，伤害一个同学的自尊。作为受害一方也不必畏手畏脚，应主动找老师或同学寻求帮助。

我的野蛮哥们

周加光

近了，近了，在离她不足5米时，耿阳竟使劲把我向前一推，我一下子撞到了苗梅的身上，再回头望，那帮家伙已经全都撒腿逃得不见影儿了。真是可恶。没办法，我只得放开了胆子，抖抖精神，甩甩头发，笑着走到苗梅的身旁。

我们几个哥们虽然团结，但也恼得让人无法忍受，这不，又在议论美女了，这回谈的是我们教室楼下的美女苗梅。

听他们七嘴八舌，而我一直沉默着，说实在的，只要有人谈到苗梅我便不自觉地心跳加快，她可是我的梦中……不说也罢。我们曾有过一面之缘，她那双迷人的丹凤眼到现在还在我面前眨呀眨的。她是“校园之声”广播站的站长，是我们校公认的校花，全校男生没有一个看过第一眼不想看第二眼的。

哥们儿开始煽风点火，让我尽早搞定她，他们知道我喜欢她。

“这事就这样定了，各位兄弟，现在大家行动起来，分工协作，只需大诗人写一份精美的情书，其他的事，哥们儿全包了，怎么样？”耿阳的总结，得到了所有哥们的赞许。

爱情是经不起怂恿的，就是和尚在这份热情的氛围中也会起凡心的，更何况我这位带发修行的诗人呢！我也半推半就地答应了。

真正体会到集体力量的“伟大”还是这件事后。

没过一天，所有关于苗梅的资料都收集到了，诸如年龄、家庭成员、爱好……都被心细的哥们儿详细地填入了关于苗梅的档案中了。

面对弟兄们的热情，我还能干什么呢？本来徘徊的心索性一横，闲着也是闲着，有枣没枣的打一竿再说。

一封情书，我竟然忙了一夜。不知撕了多少纸，也不知写了多少回，但最终结果是一封洋溢热情与爱慕的情书出世了。听说情书问世，整个寝室开始“人头攒动”，都说要给提提意见，最后，中和大家意见之后的情书看上去更完美了。

“下一个节目，是选谁把信亲手送给苗梅。”在大功将要告成之际，我向各位仁兄发问。反正他们几个家伙要包了这事，现在就该他们出手了。然而，这帮家伙却一个个临阵退缩了。真是可笑，现在的场景大有老鼠给猫挂铃的味道，没有一人出头。

最终结果，还是一起行动，耿阳陪我在前，众弟兄在身后助威。

“我们有才有貌，我们信心百倍，向着幸福——出发。”耿阳演讲完毕，拉了我就走，其他哥们尾随，一字排开，浩浩荡荡，很有气派。

越是走近目的地，心跳得越是厉害。为了壮胆，我竟唱出了：“我的心儿跳呀跳，因为有她在梦中……”哎哟，这办法不但没用，而且还惹得身后的弟兄们开怀大笑。没法，事已如此，只能硬着头皮走到底。

苗梅正在栏杆处与她的同学谈笑，这是在我们的考察之中的。

近了，近了，在离她不足5米时，耿阳竟使劲把我向前一推，我一下子撞到了苗梅的身上，再回头望，那帮家伙已经全都撒腿逃得不见影儿了。真是可恶。没办法，我只得放开了胆子，抖抖精神，甩甩头发，笑着走到苗梅的身旁。

“你是苗梅吧，我们……我可以……”真是气人，背得好熟好熟的台词在关键时刻竟一句话也说不出。

女孩惊诧了，瞪大了满是秋水的双眸，傻傻地说：“我不认识你……噢！你是我校的大诗人吧！”女孩竟认出了我，并且笑了，我差一点儿被她的笑醉倒。

“有人送你一封信。”我的脸有些发烫，可还是边说边把“宝贝”塞进了她的玉手里。

女孩又惊诧了，傻瞪着我问是谁给的，我说看后你就知道了，转身就跑，跑得特别快。或许是因为激动而神经错乱了，上楼梯时竟摔了一跤，并且没有疼痛感，还偷偷地笑出声来。

一阵大笑从一层梯道传来，抬头一看，是兄弟们正列队相迎，我也索性大笑：“哈哈……”

第二天，心情一直很晴朗，直到晚自习。

“喂，诗人，有人找你。”靠近窗子的同学告诉我。

“是男生还是女生？”我小声地问。

“是——花——姑——娘。”同学边说边做了个不雅的手势。

我闻声后立即奔出去，是苗梅，意料之中又意料之外。女孩也没说话，只是笑，且把一封信递到我手中，然后飞走了。

我正沉迷于她醉人的笑中，向窗户一扫，哎哟哟！ 满是人头，怪不得女孩跑得那样快。

我刚把信在嘴上一吻，信就不见了，被弟兄们给抢去放在课桌上研究起来。那样子，大有天外来客解剖地球人的气势。

我只能后天下之乐而乐，让哥们儿去高兴吧！

那封信，不知在班中传了几遍，直到放学时才终于传入了我的手中，此时，已是香消色淡，憔悴不堪了，但柔情尚存。

我小心地展开，上面只写着一句话：爱，不是游戏，不应该在我们这个年龄拥有。

哥们儿几个凑在我的面前说：“兄弟，请节哀顺变吧！”

聊天室

几个要好的兄弟怂恿“我”对女孩展开爱的进攻，到关键时刻却又逃之夭夭，实在太“不够意思”了。面对同学的怂恿，千万要坚持原则，不可头脑发热哦！

这个游戏不好玩

学 兵

有一次上课时，前面的她忽然“哇”的一声惨叫，声势好恐怖，师问，答曰，有人将一蜘蛛塞入其衣领，老师瞪着怒目走来，训问是谁所为，全班鸦雀无声。问其，出乎意料，用手直指我，一时弄得我魂飞九云霄，满口直呼冤枉。

她应该算得上是全班中最漂亮、也最泼辣的女生了。她的座位就在我前面，把长辫子轻轻地甩到我的书本上，有时还把我的钢笔弄掉到地上。不过，我从没为此气恼过，因为我知道她没恶意。每次，当我弯腰捡笔的时候，她故意趁我不注意，将我桌上的书飞快地转移到她的抽屉里，弄得我找到了笔却又没有了书，最后还得向她求救，而她却任性地向我扮个鬼脸，教训我应该客气点，没办法，只好张口“sorry”闭口“thank”地作揖赔笑脸，她这才“慷慨”地把书丢给我，并加一句“以后小心点”。

她就是这样的“刁酸”，弄得许多哥们儿远不得，又近不得。说实话，她的确招人喜欢，论漂亮，那没得说。虽没有柳叶眉、杏仁眼，但绝不比张曼玉逊色多少，那种“人比黄花瘦，欲语泪先流”的林妹妹式女孩早已被世人所淘汰了。取而代之的是潇洒活泼、充满朝气、富有魅力的波斯菊。再说她又是颗耀眼的“巾帼文曲星”，每次参加什么竞赛了、夺优了都有她的名额，她呢，当然是战无不胜啦。我告诉你，她还是校英语坛的“郁金香”呢！这样品学兼优的博学才女，君子何不好逑呢！然而倒胃口的却是没有一个能遂愿的，五尺高的金刚还没等在擂台上站稳脚跟，便被打得落花流水。而我呢？则不然，我不轻易地行动，爱慕归爱慕，但脸面可丢不得，处处做得有风度些，既给她留有了好印象，又使自己不失绅士风度，何乐而不为呢？她对我也从没有过分地吝啬过。

但最近一段时间，不知因何，本属活跃分子的她却有些反常，时常茫然落魄地死盯着书本，或者傻傻地死望着窗外天空中漂流的云彩。谁也搞不清楚这到底为什么？有一次上课时，前面的她忽然“哇”的一声惨叫，声势好恐怖，师问，答曰，有人将一蜘蛛塞入其衣领，老师瞪着怒目走来，训问是谁所为，全班鸦雀无声。问其，出乎意料，用手直指我，一时弄得我魂飞九云霄，满口直呼冤枉。然而，谁会拔刀相助，为我打抱不平呢？时间一分一秒嘀嘀嗒嗒慢慢腾腾地走着。当着全班50多个同窗好友的面，我金鸡独立像只泄了气的球。

终于挨到了下课的那一秒，我“咚”地一下坐到凳子上，谁知，还不等坐稳，就又被请进了教导处。一张张无情的面孔把我训得好惨，我始终插不上嘴，说不上也说不出，直急得我火冒金星。

回到教室我耷拉着脑袋，忽然我开了窍，说我用蜘蛛吓唬人，蜘蛛何在，证据何在？办公室里，一句“蜘蛛早跑了呗”，堵得我哑口无言。于是我找她想搞个清楚，问个明白，但她却冷冰冰地说我无聊，如一只癞皮狗般纠缠她，她在我心中的地位一下子跌落了八千丈。我觉得她太可恶了，就像个老妖婆，从此，再没有理过她。

聊天室

同学之间的游戏，要把握一个度，如何把握好这个度，犯错了，应主动向对方道歉，否则会影响同学之间的友谊。

班长的生日

亚铭

这一下就把小霞的火点着了，她一拍桌子，站起来指着台上的黄灿说："不就是想当班长吗？也没必要把你妈生你的日子给搞错呀，我来提醒你一下，你的生日应该是下个星期。哼，你昨天过假生日明摆着就是拉选票，你当谁看不出来？"黄灿站在台上，脸红一阵白一阵，不知说什么才好，最后只说了两个"你"字，就冲出了教室。

放学的时候，班长黄灿突然跑到讲台上，说有重要消息宣布，众人洗耳恭听——原来，今天是她的生日，她要带领同学们杀到KFC，向美国人宣战。

一时间，人人都成了勇士，纷纷响应，高喊"杀它个片甲不留"，就跟着班长往外涌。

我坐着没动，看看同桌小霞。小霞正若无其事地收拾书包，动作慢得就像慢镜头，一本书放进书包，她最少要做五个分解动作。我也不急，就抱着胳膊看着她，就算她收到明天鸡叫，我也要一声不吭地等下去。因为我知道，小霞看不惯班长，就因为班长一声请客，小霞满肚子火药，就差点儿燃了。

班长走到门口，突然回过头来冲我喊："亚铭，不来你也得来！"

"是命令还是请求？"我擅长和班长开玩笑。

"这是一道难题，你自己琢磨吧！"班长说完，就被同学们前呼后拥地架走了。

教室里只剩下两人，小霞把书包使劲地往桌上一顿，说："你去呀！人家专门叫了你呢！还傻站在这里干什么？我知道电线杆是什么样，不用你表演。”只要不是鼻炎，谁都能闻出这话里的火药味。

“呛死我啦！”我狠狠地打了一个喷嚏，“我等你一起去KFC。”

“你如果不是弱智的话，就应该知道我和班长不是同路人。她是谁？人见人爱的掌上宝，学习最棒，人缘最好，头抬得最高。告诉你，我就看不惯她这一套！我个子一米六五，比她还高五公分，凭什么非要仰着头看她？这班上谁的生日我都去，就她的我不去！你还是自己去追大部队吧。”小霞背着书包就往外走。

我没追大部队，我先追上小霞，说：“你也不差呀，我看你最少也算个智多星，就是不知道今天那点心眼都到哪里去了。我如果是你，去，不吃白不吃，吃了也白吃，她不让你白吃，我来请你吃，怎么样？”

小霞被一串绕口令逗乐了，笑着说：“有那个必要吗？我才不差这一顿KFC呢。”

“没谁说你是差这一顿，”我凑到她耳边，故作神秘地说，“记住，越是不想干的事，越是要去干。这就是我的人生秘诀，你如果没这个胆量，小心我从今天六点差一刻起俯视你。”说着，还抬腕看了一下手表。

小霞一下没脾气了，眼珠转了两圈，说：“我们打的去，抢在他们前面，我可不想做跟屁虫。”

我二话没说，出去拦了一辆出租车，直奔KFC，正好赶在同学们前面一点点到达。小霞在门口碰到班长，还故意说：“这么巧，你们也来这里。”搞得班长莫名其妙。

一班人马杀进去，可把服务生忙坏了，为了怕我们影响其他顾客，还专门把二楼辟出空来，让我们尽情胡闹。

大家一边吃着盘中的食物，一边东走西串，说说笑笑，桌子、凳子敲得咚咚直响，就差把屋顶掀翻了。就我和小霞没有参与，我们坐在角落的一张小桌上，小霞埋头苦干，看都不看班长一眼。我很想跟着大家一起闹，又怕小霞闹情绪，到时候大家都不愉快，所以，我也只好老老实实地陪坐着。

班长忙着招呼大家吃好，从这头走到那头，比服务生还忙。所到之处，男生就祝她生日快乐，女生就祝她越长越漂亮。她笑得合不拢嘴，笑着笑着，就一声不响地来到了我们桌前。

班长说："哦，今天这么沉默好像不是你的风格哟。"

"风格？高手都没有风格可循。"我笑着站起来，举起饮料敬班长，"祝大寿星福如东海，寿比南山，万寿无疆，永远健康，先干为敬，一口喝光。"说完一长串乱七八糟的话后，就一仰脖，把饮料喝光了。

班长也不示弱，一饮而尽，然后笑眯眯地看着我，说："经你这么一祝贺，我觉得自己已经是七老八十的老太太了。"说完就大笑起来，笑得那个欢。

突然，班长拍了一下小霞的肩膀，说："别老顾着吃东西，来，喝一口，谢谢你赏光！"说完，她发现自己杯中已经没有饮料了，就伸手抓起小霞的想倒一点到自己杯中。

谁知小霞一把抓住杯子不放，嘴里塞满了东西也不说话。一来二去，班长就只好松手。可是刚一松手，小霞的裙子就洒上了那杯饮料。小霞惊叫一声，站起身来，忙着用餐巾纸擦，可是已经晚了，一大块湿迹印在面前，小霞急得眼泪都快流出来了。

班长站在一边手足无措，连说对不起，还想伸手帮她擦，却被她一把打开了。

小霞突然高声喊："够了！这回你满意了吧？不想让我来，你可以明说，何必这样对付我呢？"说完，就冲下楼去，一溜烟不见了。

班长正在发愣，我赔笑说："你们继续玩，好好玩，外面的事情我来处理。"然后就追了出去。

我出门没见到小霞的人影。可是一直追到她家门口，也没追上。我连忙敲小霞的门，开门的是她妈妈。

我喘着粗气问："阿姨，小霞回来了吗？"

"回来了，刚到家。回家就钻进卫生间，正在洗澡呢！"阿姨奇怪地看着我问，"出什么事了吗？"

我放下一颗悬着的心，说："没事，我和她比赛跑步，谁知她抄近路，赖皮。哎哟，可把我累死了，我先上去了。"

我很为自己的谎言满意，走到楼上，还听见阿姨在嘀咕："这帮孩子，真是精力旺盛。”

第二天课外活动的时候，老师居然招集大家重新选举班委，她说她到班上不久，想通过这次真正的民主选举，为以后的工作打下基础。最引人注目的当然是选班长，候选人名单里当然少不了黄灿。

老师开始让同学们举手表决。轮到黄灿的名字时，举手的人最多。她以绝对优势当选，连任班长。同学们都在鼓掌，老师也对她表示祝贺，让她上台讲一下自己的打算。

黄灿也毫不谦虚，昂首阔步地走上去，大谈自己的施政方案，说什么班级还可以更团结，学习成绩和各项活动还可以再上一个新台阶，还说争取今年拿优秀班集体的锦旗……

一旁的小霞烦得坐立不安。

我说：“长虱子了？”

不说则已，这一下就把小霞的火点着了，她一拍桌子，站起来指着台上的黄灿说：“不就是想当班长吗？也没必要把你妈生你的日子给搞错呀，我来提醒你一下，你的生日应该是下个星期。哼，你昨天过假生日明摆着就是拉选票，你当谁看不出来？”

黄灿站在台上，脸红一阵白一阵，不知说什么才好，最后只说了两个“你”字，就冲出了教室。

全班哗然，老师也感到很震惊，她让小霞冷静一点，等追查清楚之后，再说不迟。

我拍拍小霞的肩膀说：“姐们，你好像冤枉别人了吧！”

“我冤枉她？”

“是呀，我记得去年也是今天的，她一向过阴历的，而你算成了阳历……”

小霞似乎想起了什么似的，只见她跑上了讲台，低着头说：“同学们，是我错怪了班长，对不起！我自己捅出的娄子我自己解决！”

她在众人的注目之下走下了讲台。

后来嘛，她和黄灿自然是……和解啦！

聊天室

同学之间相互攀比是一种正常现象，但是如果竞争发展成过分的嫉妒就相当危险了，小霞是个眼里揉不得沙子的女孩，她敢作敢为的作风是值得肯定的。但是如果在与同学的交往中多一点理智，多一份宽容，那就更好了。

班长之争

求艺

宝玉一帮非但丝毫没有收敛，还比昨日有过之而无不及，我拍案而起，给宝玉一个下马威，宝玉更是不甘示弱与我大吵起来。又见各位女生虎视眈眈，经弟兄们百般劝说，方才鸣金收兵。我扬言迟早要报复宝玉。

我们班的“国情”比较特殊，属于“阴盛阳衰”，男女生比例严重失调——2 VS 5，且女生个个来头不小，势力庞大，党羽遍布全校。虽平时女生各分派系，少不了钩心斗角，可是对付我们男生时，却毫不含糊。一旦硝烟四起，女生立刻结成联盟，众志成城，群起而攻之。How poor the boys腹背受敌，其状惨不忍睹。久而久之，是可忍孰不可忍。

一日，自习课上，女生中颇为霸道的宝玉一帮侃得正酣，不料被考勤的阿Sir撞见。事后，因我身为班长，被阿Sir指责为玩忽职守，放任女生扰乱纪律。我有口难辩，此前，我已对宝玉出示过黄牌警告，宝玉非但不听，侃得更欢。我为了保持风度，众目睽睽之下不便发作，着实憋了一口恶气。

次日，宝玉一帮非但丝毫没有收敛，还比昨日有过之而无不及，我拍案而起，给宝玉一个下马威，宝玉更是不甘示弱与我大吵起来。又见各位女生虎视眈眈，经弟兄们百般劝说，方才鸣金收兵。我扬言迟早要报复宝玉。

一日晚自习前，我准备捉弄宝玉一番。派了探子把守各关口，待宝玉大摇大摆地走来，探子迅速通知了我，我随即将教室门虚掩，老练地将一把泥乎乎的笤帚置于门上。弟兄们翘首等待一出好戏，不想班Sir却径直向班里走来，我大呼不好，慌乱中已来不及撤掉“道具”，众弟兄不忍再看。一阵杂七杂八的噪声过去，只见班Sir怒目圆睁，抹着脸上的泥水大吼：“这是谁干的！”

次日，我被老师处以警告加写检讨，亏我肚里还有几滴墨水，洋洋洒洒上万字的检查读来令人涕泪俱下，方才躲过一劫。只好召集弟兄们商量下步对策，考虑到实力不足，只好妥协，同女生谈判。

谈判桌上，宝玉一帮更是趾高气扬，咄咄逼人。宝玉步步紧逼，我处处退让，签了不平等条约。我拿一纸协议，耷拉着脑袋回到宿舍，刚念完《男生义务赞助女生零食协议》就在一片“卖国贼、汉奸、懦夫”的声讨中陷入围攻……

班里换届改选，我自去年当政以来，由于以宝玉为首的女生和我处处作对，失去那七分之五的支持率，人气之低可想而知，欲连任希望不大。

而那个可恶的宝玉竟然踌躇满志，作为候选人欲与我一决雌雄，她的口号是“翻身女生把歌唱”， 并扬言要为广大女生代言，因此笼络了不少女生的心。

于是，宝玉和我开始公开竞选，首先，我们开始筹措竞选资金。

面对强敌，我有苦说不出，众弟兄富足之人寥寥无几，本人竞选资金匮乏，这可如此是好？只有阿东有几个零钱，皆被宝玉和我争先恐后地洗劫一空，只留阿东顿足大哭。

而后，我连夜赶制出传单，利用下课十分钟发传单做演讲，搞得班里一片狼藉，但不乏欢歌笑语。

宝玉比我更胜一筹。下课后，聘请阿莲在班里广播，宣传政策，一时间闹得鸡犬不宁，几次被班Sir揪住痛斥，但她依旧我行我素，热情不减。谁让阿莲跟宝玉是死党呢，当然得卖命。

没办法，我只得千方百计地讨好女生，四处拉选票，此举为成败之关键。我使出浑身解数，抓紧时间给女生讲笑话，买零食，结果收效甚微，几次笑话讲完只我独自一人捧腹大笑。

宝玉善于公关，加上她的特殊身份——女生，竞选起来更是得心应手；我不肯服输，发动强大攻势，翻起旧账，攻击宝玉拉帮结派，欲“把持朝政”……

宝玉非等闲之辈，针锋相对，攻击我同某同学斗殴一事。事实上，我与同学玩闹时，不小心栽得鼻青脸肿，事后却被“媒体”大肆炒作。我说宝玉纯属诬陷，怎奈宝玉铁齿铜牙，咄咄逼人；又因经费紧张，我节节败退，终于败下阵来。

最后，宝玉当选，我偃旗息鼓，狼狈不堪，但我还要坚持下届竞选，却被同派人士痛打一顿，责怪我不争气，竟然输给了一名女生，说要开除我的竞选资格。

欲知下届竞选如何，且听……咦，好像没机会了耶！

聊天室

为了竞选班长，“我”和女生宝玉开始了积极竞选。男生和女生之间由此也形成了两大派别。其实，当不当班干不是最重要的，最重要的是以集体利益为重，处处想着为大家作贡献。

曹大侠其人其事

冰 冰

最近班里调位，小女子我有幸和曹大侠坐在一起，顿时感到仙气萦绕。我小心地对大侠说："我生性活泼，比较好动，希望你能够适应！"大侠快人快语："没关系，我这人别的优点没有，就是比较善于改造别人。你好比一团火，我是一盆水，正好将你浇灭！"

曹磊是个脑袋像水桶，头发竖立，长着大嘴和厚唇的男生。此人做事极其认真，为人极其正派，颇有大侠风范，故得雅号"曹大侠"。

曹大侠就是不同凡响，平日里极少言语，却总能一鸣惊人。记得他第一次站在讲台上自我介绍时，他一字一顿地说："我叫曹磊，曹操的曹，黄磊的磊。"仔细一琢磨，这两个人与他八竿子打不着，怎么这么可怜被他当成了宣传广告。

曹大侠神形道体，走路带风，三米外就能感觉到他有节奏的疾步将地板震得发颤，幸亏他从不穿皮鞋，否则我有点儿担心教室会引发地震。

大侠虽行走江湖，却太有书生气，对我们这些小人物亦平易恭谦。帮他捡支笔，他也会劳师动众地行作揖大礼——上身成45℃倾角，双臂在胸前围成一个圆圈，唯一不同于古人的是他双手合十，指尖朝天，然后言简意赅、铿锵有力地说："谢！"大侠真不愧是大侠！

最近班里调位，小女子我有幸和曹大侠坐在一起，顿时感到仙气萦绕。我小心地对大侠说："我生性活泼，比较好动，希望你能够适应！"

大侠快人快语："没关系，我这人别的优点没有，就是比较善于改造别人。你好比一团火，我是一盆水，正好将你浇灭！"

我大惊，问："如果这团火是油烧起来的呢？"

大侠拍案吼道："那我就给你隔绝空气！"

小女子不敢再言语了。

一日，政治课前，我恭敬地将一块"绿箭"口香糖递给大侠。大侠例行作揖，接过"绿箭"问我："这是口香糖对吧？"

我不解地回答："是。"

他又问："这个不能咽下去，对吧？"

"是。"

大侠放心地将"绿箭"放在嘴里。此时政治老师走进教室，大侠做惊慌状，手忙脚乱地将糖吐出。只听大侠嘴里喃喃有词："上课不能吃，老师不愿意！"

与大侠做了几日同桌，颇被他一丝不苟的作风感动，政治、历史、地理……无一例外地笔记齐全。尤其史政，一下课就叽里咕噜地背给自己听，练习题也是一个不落地写在本子上。佩服！佩服！然而日子一长，我就开始难以忍受了。我心烦时趴在桌子上，大侠会说："现在自习，不能睡觉，快学习吧！"晚自习问他数学题，他会说："这个时间不能问问题，你太活跃了，我得好好改造改造你！"我觉得我快要爆发了。

几天后，班里接受了外班的篮球战书。我欣然前去观看，以为大侠又在教室里刻苦了。然而当我站在场边准备加油时，却呆若木鸡地愣在那儿——那不是大侠吗？他居然也在场上？！他？大侠！开什么国际玩笑，我可从没见过他打一次篮球，不会丢我们班的脸吧？

不想大侠就是大侠，他疾步如飞，身影灵活如梭，当队员被困时，他像从地下冒出来一样，带球突出重围。令人震惊的是他的速度，每当对方反攻的时候，他总是能够及时回防先锋，早早地等在篮下。真可谓"谁敢横眉竖眼，唯我曹大飞侠！"

大侠的运球技术更是无可挑剔，转身如闪电，竟让对方自己踩了自己的脚。令我惊异的是，他居然会用假动作，而且相当到位，哈！那么正直的大侠也……突然，全场一片惊呼，大侠将抛出的球盖了下来！我一直未合上的嘴第一次发出声音："大侠超人，帅呆！"我拽了拽体委的袖子，体委笑道："昨晚我拉着大侠去打球，才发现了这个人才。"

球赛结束后回到班里，刚想称赞大侠一番，忽然想起大侠的教导："这个时间不能……"于是在纸上写了两个字："帅呆。"大侠马上冲我作揖，接着只说了三个字——"学习吧"，随即拿出了数学书。哈哈，大侠！

第二天中午，大侠提着一台录音机，稳健地走进教室。他站在讲台上，吞吞吐吐地说："今天……我迟到了……给大家唱……唱首歌……《朋友》周华健的……"

我心想，还没唱就紧张成这样了，一旦开口那还不得把狼给招来啊！

只见大侠一手撑着讲台边，一手紧握着拳头。"朋友一生一起走……"大家立即报以热烈的鼓掌，嘿，唱得还真不错。大侠激动得满面红光，一边唱歌一边拍讲台。

"朋友一生一起走"——啪！(拍讲台一下)"那些日子不再有"——啪！(又一下)全班笑得厥倒者无数，没有一个人还能直起身子，我更是笑出了眼泪。

大侠一曲唱毕，台下掌声不绝。

大侠坐下后问我："我是不是太激动了？"

我认真地回他："不，一点儿也不，这样才好。"

现在，我好像已经习惯和大侠这种"水火相容"的生活，也渐渐了解了大侠，了解了"大侠"的真正含义。

聊天室

"曹大侠"身上的优点还真不少——才华横溢却不骄傲自满；真功夫在身上，从不自吹自擂；多才多艺却谦虚谨慎，有原则，善自控……作为同学，何不多向他学习学习呢？

女侠传奇

阿萍

一个高年级的学姐总是吵吵嚷嚷，自己在宿舍丢泡面，动不动就指桑骂槐，女侠动了怒，直接把人家从床上拍起来和颜悦色地说："喂，大姐，大家相处以和为贵，拜托你不要以己度人，有话直说好不？"

一提起女侠大家就会自然联想到电影电视里有着一身好武艺、穿黑色的夜行衣飞檐走壁、处处行侠仗义的女豪杰。可我们班的"女侠"名头也不小，方圆几百平方米内无人不知她的名字。

在此透露一点，我之所以写文章为女侠宣传，主要是因为她是我的死党。

女侠可以说貌不惊人，但嗓门极高，高而不粗，可谓恰到好处。开学第一天，女侠已经"呼朋引伴"与几个女生谈得兴致勃勃，走近一听，才知道在侃无聊至极的娱乐八卦新闻，当场厥倒。我相信，女侠彼时彼刻运筹帷幄的样子将令我终生难忘，特别是她那句指点江山的话，摆出一副红尘看破、大彻大悟的无奈表情叹息道："哎，娱乐圈真是风云变幻，难以预测啊！"当时附近的几个男生全部笑翻，她还像煞有介事地说："真是复杂，复杂得很！"

女侠的自我介绍更是令人跌破眼镜，别的女孩子都说自己爱交朋友啦，爱看书听音乐啦，也有踿一些的，好好把自己夸耀一番，女侠却饶有兴味地表明了自己的"本性"："在报到之前，我已经勘察了附近地形，知道这里有很多小吃店。不错，呵呵，以后我们可要常常照顾他们的生意，满足自己的食欲，另外我喜欢搜集娱乐八卦新闻，如果大家有什么大道小道消息，千万要不吝赐教啊。”

小丫头说完，眼珠子一转，补上一句：“没了。”班上一片哄笑。

毫无疑问，从报到那天起，我就“看中”了女侠，所以我既不顾自己的淑女形象，也不管自己比她高一点点，主动搭讪，提供八卦新闻，愣是在相识三天内，就做到了与女侠形影不离的地步。军训的时候，比我矮的女侠帮我拎了一个脸盆，还边走边玩划拳的游戏，丝毫不在乎头顶能把人晒化的太阳，笑得灿烂明媚。

女侠做的最让我感动的事情，我从来都没有告诉过她。其实那也是在军训的时候，短短一周，简直苦不堪言，特别是像我们这样养尊处优惯了的女孩子，很少有能像女侠那样乐得其所的，敢用凉水洗头，训练休息的时候看一只蚂蚁也能看得笑出来，拉歌的时候不管面对男生连还是女生连都敢首当其冲，晚上躺下就能睡着，做梦还喋喋不休地说着“好吃”。

我只觉得军训好比是度日如年，同学、老师都不太熟悉，天太热，饭难吃，教官凶，训练紧，每天累得找不着北，晚上睡觉的时候总是想哭。吃饭的时候以八人为一组，每天轮流留一个人“值日”，负责收拾碗筷，其余的人拿自己的水壶回宿舍休息一会儿，等待晚上的训练。轮到我值日的时候，对着巨大空旷的饭堂、刺眼的日光灯，就特别想家，全部收拾好了，天已经擦黑了，走出门找自己的水壶，找了几圈都没发现，正在着急。突然有人拍我的肩膀，大叫着：“喂，你终于出来了，怎么这么慢啊！”

我转过身去，居然看见女侠正拎着我的水壶等在那里，当时我马上有种在沙漠中看见泉水的感觉，因为我们从来没有说好要她等在门口，我只觉得喉咙哽咽得说不出话，她倒是没有发现我的异样，拉着我兴致勃勃地说起汇报演出的事情：“你说到时候我唱什么歌好呢？对啦，对啦，不然你和我合唱吧。”

在我转过头看见女侠脸的那瞬间，心里突然变得软软的，暖呼呼的，我更加认定她会是我一辈子的好朋友。

要知道，“女侠”这个绰号也大有来头呢！

某日，班主任老师正在讲短篇小说的魅力，随便念了一位大师的作品，让大家猜猜作者是谁，可班里死气沉沉，谁也不愿意张口，于是老师咬咬牙说：

“猜猜吧，猜中有奖！”

只见女侠当时就来了兴致：“真的吗？什么奖励？”

老师笑着说：“请吃饭吧！”

还没猜，女侠已经笑了出来，要知道，美食可是女侠的最爱。只听她说“欧·亨利！”

老师说：“不对！”

女侠继续：“高尔基！”

老师依然摇头。

“莫泊桑？”

“不对。”

眼瞅着女侠的嘴巴动得越来越快，几乎所有外国名家的名字都被她点了个遍，老师笑着喊了停：“哪有你这么猜的？把有名的作家都说一遍这就不算数了。”

最后老师公布答案是“福楼拜”，没想到女侠拍案而起，大声喧哗道：“老师，这个我一开始就说了。”

在女侠的不断伸冤之下，老师也犯了糊涂，她一口气冒出那么多人名，漏听一个也有可能，老师在“众目睽睽”之下也只得“败给”女侠，他说：“你看，你们为什么都不说呢？瞧瞧人家多可爱，就像个女侠，还得奖励呢！”

当时班上哄笑，老师正在感叹，只见女侠再一次拍案而起，声明道：“从此以后，我就叫这个侠了！”

所以，说起名字的由来，女侠也可以骄傲地说是老师赐的，至于那次奖励，女侠更是得意洋洋地告诉我：“知道吗？老师请我在丽都饭店！”然后压低声音说：“旁边的饺子馆。”

高一春游时，我们一起去郊区忆苦思甜，喝玉米粥、吃青菜。第一天晚上，女侠就把她带来的香肠小吃全部贡献出来，被大家一扫而空，等到第二天爬到山上才发现自己只剩下个白白胖胖难以下咽的面包，还要靠我这个死党周济。

高二住里外套间的宿舍，一个高年级的学姐总是吵吵嚷嚷，自己在宿舍丢泡面，动不动就指桑骂槐，女侠动了怒，直接把人家从床上拍起来和颜悦色地说：“喂，大姐，大家相处以和为贵，拜托你不要以己度人，有话直说好不？”

然后买了一大箱方便面对学姐说："如果你的泡面再不幸失踪，就到我们屋来拿，我请客，别客气！"

当时，学姐那张跋扈的脸立刻就成了猪肝色。

高三，女侠知道我突然"迷恋"上F4，就在网上给人家疯狂发邮件订购他们歌友会的门票，被网站警告之后，她自知"索票无望"，就冒充F4写信给我，还很会做戏地拿着信大叫："哇，F4帅哥们给你写来的耶！"

她也不看看邮戳上的地址，还写什么："我知道你对我非常景仰，谢谢你的支持，今后会努力写出更多更好的歌曲！"

看得我简直要喷血，只好拆穿她："拜托，太老土了吧，做戏也要敬业一点，你说是吧？！"

女侠一脸的委屈，嘟囔着说："喂，我可是求我老爸半天他才答应帮我抄的。"

"哦哦，好了好了，小女子在此谢过了！"我拿过信再看了一眼，惊奇地说，"你别说，你老爸写得还真像那么一回事！"

"真的吗？真的吗？"她又开始呼天抢地了。

哈哈，有女侠陪伴的日子，如同地狱一般的高三生活也变得亮丽鲜活起来，至于我们嘛，当然会一直做最好的朋友了！

聊天室

女侠的性格非常豪爽，对待朋友更是十分仗义，这样的朋友当然值得交往了。如果每一个都能敞开心扉，心地透明，那人与人之间的相处要容易得多。

同学橙子

陈 星

橙子是个聪明的女生，其他功课都不错，唯独英语极差，她常自嘲地说："咱们炎黄子孙，龙的传人，不说那些鸟语。"

其实即使她偶尔说上一两句"鸟语"，也总是带着中国味。见到人多，她说："I am 好人！"我提醒她不要中西合璧，她瞪着眼反驳我："你敢说我错了，I will give you some colour see. "（我要给你点颜色看看）

我和橙子家相距很远，但因为我是她的死党，所以每天晚自习后都很荣幸地被她招呼过去，任务只有一个——送她回家。对此，我心存抱怨，因为送她回家之后，谁来陪我啊！

橙子却嫣然一笑，笑眯眯地对我说："难道做美女的护花使者，你还不开心吗？"

"喂，有没有搞错，你也算美女？"我故意刺激她，"要说我是还差不多！"

"你敢说我不是？"橙子佯怒。

我便会悲哀地说："如果你只是不漂亮，我可以说你很有气质；如果你只是没有气质，我可以说你很可爱；如果你只是不可爱，我可以说你很温柔；如果你只是不温柔，我可以说你很善良；如果你只是不善良，我可以说你——天哪，叫我说你什么好呢？"

听到这儿，橙子总要跳下车，对我一顿拳脚相加。

说实在的，橙子留不长不短的头发，一袭素裙，虽然说不上天生丽质，但也差不到哪去，只是我从来不承认，我这么做其实也是为了她好，免得她骄傲自满。

我和橙子从小就认识，也算是“青梅竹马”，到了高中又走进了一个班。我和橙子自然是一对很铁很铁的死党。

虽然彼此之间十分熟悉，但有时候橙子的活跃还是令我大跌眼镜。一次物理课上，老师正汗流浃背地给我们讲解受力分析。大家听得无趣，橙子也几乎被周公带走。于是我便给她讲笑话：“一个女生问物理老师，我的汽车抛锚了，我想推走，这是什么力？”

橙子想了半天不得其解，她竟举手问老师，老师被她这样一问，竟然搞愣了，过了几秒后说：“问得好，是推力。”

我悄悄说：“应该是自不量力！”

橙子听后竟然又站了起来大声对老师说：“应该是自不量力！”死气沉沉的课堂一下子笑开了锅，物理老师也被逗笑了。

橙子是个聪明的女生，其他功课都不错，唯独英语极差，她常自嘲地说：“咱们炎黄子孙，龙的传人，不说那些鸟语。”

其实即使她偶尔说上一两句“鸟语”，也总是带着中国味。见到人多，她说：“I am 好人！”我提醒她不要中西合璧，她瞪着眼反驳我：“你敢说我错了，I will give you some colour see.”（我要给你点颜色看看）

每到英语考试前，她便会殷勤地请我去麦当劳狠吃一顿，以求我能在考试时“帮帮”她。一次英语测验结束后，我问她有没有看到我传过去的纸条，她竟然背了首打油诗：“外语本非我强项，幸好身旁有能将，选择答案抄错位，只恨眼睛不敏锐。”

我幸灾乐祸地说：“等着挨骂吧！”

谁知第二天橙子一见我就满脸后悔地说：“原来我们可以做得更好。”

“你在做广告吗？”

“不是啦，昨天那个监考老师是高度近视。早知这样我可以抄得仔细些，反正他又看不见，也不至于弄成现在这种局面，真是惨啊！”

快乐的时光如流水，流水般的日子转瞬即逝。我们都上高三了。橙子还是精灵鬼怪的。可是令人惊奇的是她竟然开始抱着本“鸟语”书死啃，英语考试也不用再让我传纸条了，我惊奇地发现，这家伙变了。

日子依然在一天天飞逝，高考结束以后，我迈进了向往已久的大学校门。这时一个再熟悉不过的声音在身后叫我的绰号，我觉得很奇怪，这么熟的声音除了橙子还能是谁啊？

“你怎么来了？”这回轮到我惊讶了，难道她这么赤诚是来送我的？

橙子手里晃着一张录取通知书，没好气地说：“学校又不是你家开的，难道只许你一个人来念书吗？”

她抢过我的通知书看后兴奋地说：“这么巧，我们同一个系同一个班。”

我故意装得十分沮丧的样子说：“你真是阴魂不散啊，我跑这么远来上学，你居然跟过来，真是烦人！唉！”

橙子举起拳头欲打，我不禁在心里暗暗叫苦，看来这四年的大学生活咱又得生活在她的阴影之中了。

聊天室

同学橙子看起来有点儿“木”，实际上是个大智若愚的女孩，跟这样的女生交往，再累也心甘。生活就是这样，烦恼是一天，快乐也是一天，那为何不快快乐乐地过好这一天呢！

死党萧萧

宏成

我和萧萧是在足球场上认识的，当时她支持的是红队，而我支持的是蓝队。刚开始不久，红队就进了球，萧萧那破锣般的嗓子声嘶力竭地欢叫："哈哈，进了！"然后指指我手中的蓝旗，不屑地说："告诉你，蓝队不行！"我被她气得不行。

萧萧本是我的死党，但她并不乐意我这么称呼她，非得硬逼着我叫她红颜知己不可。按照她的理论说，天下党派已经太多，死党的名字也太俗，无奈之下，我只得允诺，不过文字上写写她倒管不着。

记得我和萧萧是在足球场上认识的，当时她支持的是红队，而我支持的是蓝队。刚开始不久，红队就进了球，萧萧那破锣般的嗓子声嘶力竭地欢叫："哈哈，进了！"然后指指我手中的蓝旗，不屑地说："告诉你，蓝队不行！"

我被她气得不行。

过了一会儿，红队阵势太乱，五分钟之内竟被蓝队灌进两个，萧萧顿时哑在那里，半天没机会吱声，突然"破锣声"又再度响起："蓝队的大个子，好样的！再进一个。"

"你不是支持红队的吗？"我对这个陌生女孩突然转变立场甚是奇怪。

"谁叫红队不进球，我嗓子都痒得不行啦！叛变一下不行啊！"她倒有理了，眼睛直直地盯着我。

此后，我们因足球而相识，由于共同的爱好而成了好朋友。

由于校足球队接连败北，伤心失望的我趁着天黑在学校宣传栏上信手涂了一首打油诗来发泄自己心中的不满：是谁多事踢足球／早也神经，晚也神经／都怪球技太稀松／败了一场，又是一场。

萧萧见了，当即提了一首《如梦令》：常记操场看球，沉醉不知归路。兴尽回舍楼，误入他人床铺。脚臭，脚臭，熏死老鼠无数。

萧萧是个风风火火、嘻嘻哈哈的活泼女孩。在她眼里，生活永远都是那么美好。记得情人节的晚上，宿舍里只剩下刚刚失恋的我。泡了一碗方便面，我准备品尝自己独自一人过节的滋味。

正在此时，对面楼的一扇窗户突然打开了，响起了熟悉的声音，是萧萧，她还在唱歌呢！

"对面的女孩看过来，看过来，看过来，看看我给你的菠菜……"

"萧萧，快过来，你搞什么啊？丢人死了！"

"我正想给你送秋波呢？请问小姐你要几棵啊？"

被她一逗，我的心情一下子好了很多，随后我们一起下楼玩耍，夹在一对对情人当中，我俩显得十分不协调。萧萧趁人不备，从花坛里掐朵花，单膝跪地，一脸凝重地说："亲爱的，嫁给我吧？你愿意做我的新娘吗？"

我笑得直不起腰来，伸拳捶去："抽风啊你！"

她指着天，嘟着嘴："你错过了太阳，还想失去月亮吗？"

我故作凶狠地伸手去捶她，嘴里说着："哼，打死月亮，至少我还有星星！"

萧萧算不上是可爱的星星，但"猩猩"味十足。见了瓜果就没命，路过水果摊就走不动。如果求她办什么事，只要她犹豫不决，死活不走。我就眼睛一亮，马上拿出撒手锏："事成之后，请你吃……"

"好，成交！"比花生豆还干脆。

一时得闲买了个西瓜，放在桌上，舍友叫我陪她去选磁带，我一路上都提心吊胆，暗暗在心里祈求上帝保佑，千万别让萧萧得空找上门来，否则我的西瓜就要遭殃了。

10分钟后我急急赶回宿舍。还好，西瓜静静地躺在那里。长吁了口气，招呼舍友都来吃。手刚触到西瓜，它便齐齐整整地裂成两半，原来瓜瓤早就不翼而飞。我只得无辜地感叹："啊，萧萧，都怪我交友不慎啊！"

第二天，萧萧看到我的时候，我正在沉思，她笑嘻嘻地凑了过来，对我说："在想什么呢？是我吗？"

我颇为感慨地说："哎，我那只可怜的大西瓜啊！"

"哎呀，不要那么小气好不好啊？"萧萧无辜地说，"难道在你眼里，我还没有一只西瓜重要吗？"

"不是啊！"

她笑眯眯地把脸凑了过来。

"你没有瓜重要！"我在心里暗乐。

"找打！"

坏了，她又要对付我了。

聊天室

萧萧是位可爱的女孩，她的幽默、俏皮很容易让同学接近，看来嬉笑怒骂也不失为同学友谊的滑润剂。

桌子在恋爱

高 舞

到了第二天，我们俩的桌子还是紧紧地挨在了一起。我又一次拉开了彼此之间的桌子，但到了第三天又是同样的效果。日子就这样一天天地过着，我也厌烦了。最后我忍无可忍地问伟，伟却说："我们的桌子在恋爱，你没发现吗？"

咦，我的桌子怎么又和他的桌子挨在一起了呀？昨天我不是已经挪开了吗？我正在嘀咕着。

真不知头儿是怎么想的，让我这位淑女和班上的捣蛋鬼伟做同桌，这回可有我受的啦。第一天，就让我见识了他的"优点"，上课睡觉不仅打呼噜，而且还流口水。

"哎呀，你把我的字弄错了！"我皱着眉头说。

"不好意思呀！"伟吊儿郎当地回答，手早已超出了他的桌面越到我的桌子上。可怜的我仅有三分之一的地盘，字不写错才怪呢（忘了告诉大家他的运动神经特别发达，连坐的时候都手抖脚颤的）。

"哎，你的书又弄到我的桌子上来了，我的书怎么放啊？"我又一次不耐烦地诉苦道。

"哦，可能是我的书长脚了吧？它们太喜欢你啦！我又不喜欢它们，我也没有办法呀！"伟又一次无所谓地回答。

一天、两天、三天……天天如此。

老虎不发威，也不能当病猫啊！

“唉，从今天起我们俩的桌子可不可以拉开一段距离啊！这样井水不犯河水！”说完，我就动手拉开了彼此之间的距离。

但到了第二天，我们俩的桌子还是紧紧地挨在了一起。我又一次拉开了彼此之间的桌子，但到了第三天又是同样的效果。日子就这样一天天地过着，我也厌烦了。

最后我忍无可忍地问伟，伟却说：“我们的桌子在恋爱，你没发现吗？”

我听得云里雾里的：“桌子怎么可能恋爱呢？”伟看着我撅着嘴巴一脸迷惑的样子，禁不住笑了起来。

“你笑什么呀？发神经！”我不满地骂他。

“我是发神经，因为我每天都在不厌其烦地重复着同一件事。”

“什么事啊？”

“你也在做呀！”

“哦，我知道了，拉桌子！”

“笨蛋，用脚指头都想得出来。”

“啊，这么说每天我们的桌子都是你拉回去的呀？”我惊讶地大叫起来。

“是，又怎么样？”

“你为什么这么做？”

“我已经说过了我们的桌子在恋爱啊！”

我还是一脸似懂非懂的样子。

“我喜欢你！”伟突然真诚地说道。

“啊，你说什么？”

“笨蛋，好话不说两遍！”

“不说算了，谁稀罕！”我赌气说道。

“我喜欢你！”伟再次大声说道。

本已热闹非凡的教室瞬间鸦雀无声。一个个长颈鹿似的伸着脖子望着我们这对“情侣”，我的脸一下子红到了脖子根，心里暗暗责怨：你个臭小子，没事你干吗这么大声啊！你这不是在害我吗？当时，我羞得简直想找个地缝钻进去。

后来嘛……

“你干吗又把手伸到我这边来了啊？”

“我喜欢你嘛！”

“你找死啊，丑死了！”

“哼，你想怎么的？我高兴，我乐意，我喜欢，我喜欢你，我喜欢你……”伟调皮地说道。我忍无可忍，只得动粗，这回就是小猫咪也发怒了。

“啊，你干吗打我啊？”

“看你发不发神经！”

淑女也有发飙的时候啊！

聊天室

桌子怎么会恋爱呢？哦，原来是男孩对女孩有好感，所以故意让两个人的桌子亲密无间，还故意找碴儿“欺负”女孩。男女生之间开玩笑是正常的，可千万别当真了，更不可假戏真做。

“话宝”的故事

张献平

一天，老师上课讲到古人的名字分为姓、名、字以及号，等等。下课后，她也开始忙着给自己起字、起号，还兴冲冲地告诉我，她比古人还多一种名字——小名。然后就死缠着让我猜她的小名。

或许是因为受到了赵薇的影响，现在的女孩子个个开朗得出奇，一天到晚叽叽喳喳、无休无止，就连咱们班也不乏其人，譬如说方静就是一个典型的例子。

“借我《英汉词典》用用，可以吗？”她从前排扭过头问。

“没看我正用着吗？等会儿！”后桌同学不耐烦地边回答。

“别等了，救命的，快点快点！”她催促道。

“叫我三声‘好哥哥’就借给你！”后桌大声喊道。本以为这下她一定会知羞地躲开，没想到——

“三声好哥哥！”她说，“行了，现在叫完了，借给我吧！”说完不容分说，一把抢过词典。弄得后桌不知所措地愣在那儿，哭笑不得。

巧的是，我们同在一个兴趣小组学习文学鉴赏，真想不到这种人竟然也热爱文学！

一天，老师上课讲到古人的名字分为姓、名、字以及号，等等。下课后，她也开始忙着给自己起字、起号，还兴冲冲地告诉我，她比古人还多一种名字——小名。然后就死缠着让我猜她的小名。

“二流子！”我不屑一顾地说。

“差不多，不过不对！”没想到她竟然还是微笑着说，“你好好猜猜，猜对了我有大奖颁发！”

我想了想，方静，别人的小名都是最后一个字重复，那她就叫——静静！我喊出来。

“干什么呀？小弟弟！”她学着老大姐的腔调回答。我方知中了圈套，生气地挥了挥拳头，她却无所畏惧地淡然一笑，然后递过来一张白纸：“不玩了，给，写作业用的！”

我有时真佩服她的天真、快乐和潇洒，为此我还向她讨教过寻找快乐的方法，而她每次都故作神秘地俯在我的耳畔低声说：“不告诉你！”

没办法，这个小乐天派就是这样诡秘，就连在课堂上也要发挥一下。记得那次语文课前即兴演讲，她倏地从座位上站起来，轻盈地蹦上讲台。不过好景不长，面对台下射来的几十束目光，她开始恐慌起来了，然后愈来愈显得慌乱，最后几乎快要哭出来了。就在这千钧一发之际，只见她双手卷成筒状，冲着讲台下面大喊一声：“啊——”声音清脆而持久。这一惊人之举震得满座寂然，我们都不知道她这个“活宝”要干什么？

再看她，像变了个人似的，突然若无其事地对大家说：“这就是我今天演讲的题目——不妨大吼一声！在你受到巨大压力和困难时，不妨大吼一声，你会发现原来自己是那么的了不起！……”

最后，她以一个深深的鞠躬礼结束了这次演讲，也赢得了一阵热烈的掌声。

我真的服了她了，因为她的爽朗，因为她的可爱。唉！真的很高兴结识这样一位“活宝”级的同学，想不开心都不行啊！

聊天室

女孩天真“搞怪”，她的那些无伤大雅的玩笑带给别人的是欢乐，班上有这么一位“开心果”大家的心情怎能不好呢？

同桌的三大特点

李钧琛

随后的日子，我们坐在一起，开心的时候，大家可以说说笑笑；如果她不开心的话，我可就惨了，她常常拿我来当出气筒。弱小的我在她强有力的铁拳下只能屈服，不过，好处也有，就是能在她的书包里多捞些油水。

今天，大家正在上课的时候，班主任突然推门进来，领进了一位同学。当时我正在题海中混战，听见耳边的喧哗声便抬头看了看究竟发生了什么事。不看不知道，一看吓一跳，老师的背后站着一位“身强力壮”的女孩，不过这可不关我什么事，我不以为然地回到“混战”中，继续解决数学老师留给我的“XYZ”。

“砰！”沉思中的我感到肩膀好痛啊！抬头一看，是她！我张大着嘴巴，连惨叫都忘了。她连忙伸出手去抚摸我的受伤部位，接着耳边就听见了一种本属于男性的沙哑声音：“我叫×××，以后请你多多关照！”说着就“呼”一下坐在我的旁边，可怜的凳子在发出“吱吱”的求饶声。完了，我完了，这就是我的新同桌，给我第一印象是“男人婆”。

上午，我发现她很会交际。每节课她都趁老师不注意的时候从书包里拿出好吃的东西来，每当看见我那副熊样儿的时候，她便会施舍几块口香糖给我。那天，我一见她的书包都快晕倒了。一般说来，学生的书包都是装书用的，而她的书包里装的可全都是零食啊！她留给我的第二印象——贪吃！

下午，第一节课就是体育课，她还没有运动几下，就向老师请假休息去了。

第二节课是物理课，上课时她把书全部摆在桌面上而且还把我的书都搬了出来，然后就躲在书堆后面睡大觉，不一会儿便去会周公了。突然，老师提问让她答。她睡得太沉了，还没有醒来。我连忙推醒了她。她在完全不知所措的情况下站了起来，就在她站起来的一瞬间，我发现了她的物理书为了她而光荣地牺牲了，因为她那飞流直下三千尺的口水早已将那本可怜的书湿透了。没办法，嘴边的口水暴露了一切，老师只能让她罚站了。她给我的第三印象——懒。

短暂的一天，我就认清了这个同桌的本来面目，在随后的日子里，一次又一次地证明了我的判断是多么的正确。

随后的日子，我们坐在一起，开心的时候，大家可以说说笑笑；如果她不开心的话，我可就惨了，她常常拿我来当出气筒。弱小的我在她强有力的铁拳下只能屈服，不过，好处也有，就是能在她的书包里多捞些油水。

这就是我那跌跌的同桌，一个新世纪的野蛮人！

聊天室

同桌大大咧咧，有三大特色：野蛮、馋、懒，而且看上去，还不怎么热爱学习。既然已经成为了同桌，就应该互相帮助、共同进步！

同桌的咒语

黄凯

我和张婷就这样我一拳她一脚地打起来了。说实在的，我长这么大还没受到过这样的奇耻大辱呢！她居然把我踢倒在地，我认栽了，对她说："大姐，给个面子！"然后，我老老实实地帮她把书捡起来，整整齐齐地摆放好，从此再也不敢惹她了。

从小学到初中，我一直跟男生同桌，所以一见婆婆妈妈的女生就不爽，更不爽的事还在后头呢!

初三那年，新学期刚开始的时候，班主任领来了一个女孩来到我们班，介绍说："她叫张婷，是我们班的新同学，大家掌声欢迎！"于是教室里一片掌声雷动，这是我们班历来就有的好传统，热情好客。

我没好气地抬起一只眼，瞅见她长得还算可以，当然她长得好不好看跟我也没什么关系，于是接着低下头继续做作业，那时的我仍旧没有意识到自己的危险性，自己身边的座位是空的，她当然得……

没过两分钟，班主任把张婷同学带到了我的座位旁边说："黄凯，就让张婷同学和你同桌吧！"

啊，天哪！她是个女生啊！而且我独霸一方才几天难道就要灰飞烟灭了？可是，没办法啊，谁叫她是班主任领来的呢！我只得硬着头皮站起来，从脸上挤出一丝笑容说："张婷同学，欢迎你，咱们以后就是好朋友了！"

我心里的怨气只能等到班主任走了之后才能发泄出来。于是，中午放学的时候，我故意把她桌子上的书全碰了下来。

她弯下腰正要捡起来的时候，我却冲她说：“你这书怎么放的，碍手碍脚的！”她一听这话，伸出去的手突然停住了，直起腰，歪着脑袋冲我大声说：“你给我把书捡起来！”

“哼，我可没那闲工夫，还要吃饭呢！”说完，我就哼着歌走了，心里爽快透了！

没想到，吃完饭回来，她的书仍然在地上躺着。我刚走到座位旁边，就被她拦住了，她态度粗暴地对我说：“把书给我捡起来！”

嘿嘿，有趣，这丫头还挺倔的，让我给你捡，没门！我推了她一把，让她闪开。可是，她不但没动，反而推了我一把。

没想到一个小女生竟敢还手？这可是从未遇到过这样的事情。我终于恼羞成怒，狠狠地推搡了她一把，而她呢，俨然一个野蛮女孩，也毫不示弱，踢了我一脚。

于是，我和张婷就这样我一拳她一脚地打起来了。说实在的，我长这么大还没受到过这样的奇耻大辱呢！她居然把我踢倒在地，我认栽了，对她说：“大姐，给个面子！”然后，我老老实实地帮她把书捡起来，整整齐齐地摆放好，从此再也不敢惹她了。

为了过上井水不犯河水的和平生活，我们之间终于出现了一条三八线，并且约定：谁要是超越了界线，就要吃对方一拳！

有一天上物理课的时候，有一道题目难住了我，急得我脸红脖子粗，脑门直冒汗。我用眼睛的余光看看她，她做得正从容呢！我真想问问她，可是想到彼此之间的协议，话到嘴边又咽下。

她好像看出了什么苗头，用眼睛使劲瞪着我：“瞧你那样，想问就问啊，缩头缩脑的。”

然后，她就跟我一起解起题目来，我红着脸认真地听，她认真地讲解。等到我明白了这道物理题，才发现我们都超越了三八线。我们都不好意思地笑了，我说：“张婷，咱们和平统一吧！让三八线见鬼去吧！”从此以后，我们就成了好朋友了。拿张婷自己的话说就是咱们不打不相识！

没过多久，发生了一件特别可笑的事情，那天中午，我在学校的花坛边坐着看书，瞧见她也从教学楼里走出来了，手里拿着一本书，一边走一边念叨着什么，正当她背得眉飞色舞神采飞扬的时候，只听“嗵”的一声，一不小心竟然撞到大树上了，吓得鸟儿都飞走了。

我赶忙跑了过去，取笑说她刚才怕是在想哪个帅哥，现在撞了个大鸭蛋，有得受了。听了我的话，她生气了，甩下一句“恶有恶报”然后就摇着小辫子走了。

真没想到，我还真被这小妮子给咒上了，没过两周，我不幸进了医院，因为阑尾炎手术，所以需要在医院住个十天半月的。

住院的第三天正值周末，班主任带着同学们来看我了，还给我买了一些好吃的水果，同学们给我送了许多鲜花，我感动得差点儿哭了，只有张婷例外，她给我送来一个玩具猪，在我眼前晃来晃去，吐着舌头对我说：“‘猪’你早日康复，快乐开心！”

气得我差点儿爬起来打她，要是我能站起来的话。同学们走后，班主任老师叮嘱我说：“你要好好养伤，你落下的功课我会让张婷同学给你来补习的。”

我的天，怎么又是她！我对班主任说：“能不能换一个男同学，我觉得……”

刚想陈述自己如此这般的理由，没想到班主任打断了我的话，坚持说：“她是你的同桌啊，学习又好，你别瞎想了，我觉得只有她才是最合适的人选了！”听了他的话，我没办法了，心里暗暗叫苦，不过也只能这样了。

此后，同桌张婷每天放学都要来帮我补习功课，在张婷的帮助下，我的功课不但没有落下，反而比以前更好了。

重新回到班级的时候，同学们都说我黄凯养胖了，养白了，我嘿嘿一笑，到处宣扬：“那还不是张婷同学的功劳啊！她将我照顾得无微不至，就像是咱家那口子似的！”气得她在一旁直瞪眼！然后气嘟嘟地说：“没见过这么不要脸的！”

聊天室

女孩和“我”可谓“不打不相识”，虽然有过吵闹、有过嬉笑，其实我们的心中掩盖着两颗默契的心灵。只要真心相处，就一定能够赢得友谊。

同桌的记忆

张 丹

受到我的暗算之后，他开始千方百计地报复我。一天，趁我趴在桌上睡着了的时候，他悄悄地猫下腰把我的鞋带与桌脚绑在了一块儿，害我站起来的时候差点儿摔倒。可是结果证明他那次的做法是极其不理智的，随后产生的后果是——他一个星期没作业抄；一个星期上课睡觉没人提醒最终被老师发现罚站三次；无奈之下，他只好涎着脸皮乖乖地向我讨饶，我指着他的脑袋神气活现地责问：你服不服？

我是个喜欢怀旧的人，怀旧的触角甚至延伸到了小学阶段，常常喜欢把小学时的毕业照片翻出来，细心地辨认哪位是自己的同桌，照片上的他，一直在灿烂地笑着。

从小学三年级到六年级，我们一直做同桌，既是要好的玩伴，也是一对很铁很铁的好友！看着照片，和同桌在一起的画面犹如可乐刚开瓶时的气泡，一个个争先恐后地冒了出来。

同桌成绩不怎样，平时学习起来也不大用功，只喜欢调皮捣蛋，连老师都觉得很头疼，可我却不怕他。

一到夏天，他的胳膊肘准会因其越过了“三八线”而被我事先削好的尖尖的铅笔头戳得嗷嗷大叫。受到我的暗算之后，他开始千方百计地报复我。一天，趁我趴在桌上睡着了的时候，他悄悄地猫下腰把我的鞋带与桌脚绑在了一块儿，害我站起来的时候差点儿摔倒。可是结果证明他那次的做法是极其不理智的，随后产生的后果是——他一个星期没作业抄；一个星期上课睡觉没人提醒最终被老师发现罚站三次；当然他的右胳臂肘那段时间更是“惨不忍睹”了。

无奈之下，他只好涎着脸皮乖乖地向我讨饶，我指着他的脑袋神气活现地责问：“你服不服？”

“我服！”他心甘情愿地臣服了。

转眼到了四年级，为了激起同桌的上进心，老师采取了“招安”措施，居然给了同桌一个“官”当，从此他也成了班委的一员。那时，我是学习委员，他是卫生委员，于是，我们的关系便由同桌变成了同桌加同事。

“喂，我们一起来讨论讨论公事吧！”他刚新官上任就一副官腔，说得跟真的似的，其实一个小学生能有多少公事可供讨论的？最终，我和他，两个班干部在一起讨论“公事”的结果就是：我作为学习委员要帮他搞好学习，直接点说就是供作业给他抄；而他作为卫生委员，轮到我做清洁时，我的任务便由他包庇或包揽。那个时候，我们就懂得了利用职务之便互惠互利，说白了也就是互相利用。

虽然是私底里的“交易”，但是我们一直配合得奇好，从没被同学和老师发现过。

一天，不知同桌从哪儿弄来一颗长满刺的小绿果，他说那玩意儿叫苍耳。那小东西附在带毛的东西上就不会掉下来，我觉得很新奇，不过糟糕的是，他的头发也随之成了我的实验品。

“我知道有一个地方长有好多这东西，咱俩放学一块儿去！”他对我说。

我用力地点点头。那天中午便跟他到了河边。果然发现那里有好多苍耳树，结满了果子。下午，我们带着“战利品”回到学校，两大包苍耳很快就流放到了同学们的手中，一场空前绝后的苍耳大战开始了。反应慢一点的同学立马变成了“苍耳树”，教室里一片混乱。这场战争最终被班主任终结了，老师气急败坏地扬言要捉拿罪魁祸首。

从没受过批评的我好怕看到老师的目光，紧张地拽着同桌的衣角说：“怎么办啊，怎么办？”

同桌站了起来，表现得大义凛然：“老师，是我一个人干的！”

老师的脸气得变了形，要同桌“自食其果”，把剩下的苍耳都粘到自己的衣服和头发上，在教室外站两节课。下课了，我第一个冲出教室，看到苍耳树般站在外边还冲我傻笑的同桌，鼻子一酸，竟然哭了。我问他为什么一个人顶罪？他说：“两个人受罪不如一个人顶着，这样我心里会特有满足感，你也不用受罚，再说了，你那么爱漂亮，要你去扮苍耳树你还不跳楼啊！”听了他的话，我哭得更厉害了。

不过，没过多久，我也拯救过他一次。

那时候，学校规定每个学生都必须戴红领巾，早上还会有学生干部到各个班检查，若发现有没戴的就扣整个班的文明评比积分。那天早上，同桌迟到了，检查组都到了隔壁班的时候，他才发现自己忘了戴红领巾。大家都很着急，眼看文明班级流动红旗就快到我们班了，这下可没希望了！情况紧急，同桌更着急，有着强烈的集体荣誉感也许是同桌在老师眼中唯一的优点。

“我还是到厕所躲躲吧！”同桌乱了方寸，想出了这么一个损招。

“不行，来不及了！”这时，我低头看见了自己的红围巾，马上取下来围在同桌的脖子上，像戴红领巾那样打了个结，再把两头多余的部分塞进他的衣服里，虽不怎么好看，但从远处看，绝对能蒙混过关。

果然，一切顺利，检查的学生干部没有发现任何异常情况。那天，为了感谢我的急中生智，同桌请我吃了一块大大的冰激凌。

有了前车之鉴，同桌便买了根备用红领巾放在教室。后来，这条红领巾也救过我们班好多次。

植树节到了，老师交代了任务，同桌的两个同学合作一个保护小树的宣传牌。那年的3月11日下午，我俩花了两个多小时，通力合作终于搞定了这个制作精美的小牌子，经过认真的讨论，我们在上面以小树的口吻写下了“我也要微笑成长”！

第二天，我们班准备向附近的公园出发，在一片“请保护树木”的标示牌中，我们的“我也要微笑成长！”显得很打眼，我俩十分得意彼此的杰作。

经过千挑万选，我们总算选了个最佳位置，郑重地将小牌子挂在了一棵小树上。同桌掏出小刀竟在小树上刻了起来。

“你干什么呀，有你这样保护小树的吗？”我很生气。

同桌却振振有词地说：“别吵，我在上面刻上了我俩的名字，以后我们就是这棵小树的负责人了，我们每年的植树节都来看看它，好吗？”

我不再生气了，笑着点点头，也忘记了他破坏小树的罪过。可我却是个失职的负责人，不仅第二年，后来一直都没有去过，只是不知同桌后来有没有去过，也不知我俩的名字过了这么多年还在上面吗？

这么多年过去了，我们已然身在不同的中学，也莫名其妙地失去了联系，于是不再联系，可是对于昨天的一切我却依旧记忆犹新。

不知同桌的他现在过得好不好，也不知他是否还保留着以往的纯真与快乐，也不知他是否还记得我这个和他玩过卷耳大战的同桌？

聊天室

同桌是一个活泼开朗的男孩，跟“我”之间发生了那么多值得怀念的小事，这样的同桌谁会忘记呢！

同桌的忌讳

阿发

话还没说完，“哗！”满满的一饭盒水从我头上直泼到了脚尖，小美嘟着小嘴：“我最讨厌别人叫我小萝卜头了，让你叫，让你叫！”眼前的她就像是一只发怒的狮子，然后连续“砰砰”两声——我的饭盒摔在地上，教室门“砰”地关上——“不把你的臭饭盒洗了就别进来！不要弄脏了我的地方！”

同桌的外号很特别——“小萝卜头”，这得益于她瘦小的个头，看上去的确像根本没有发育完全的小萝卜头，小巧的身材，小小的脑袋，小巧的手，小巧的嘴巴，扎着小小的发束，小孩子般天真的微笑整天挂在脸上。真是人如其名啊！

我一直觉得小萝卜头长得挺好看的，让人看着就觉得可爱，只是这小家伙的性格可不怎么好，嗯，脾气也怪臭的。

“喂，小萝卜头呀，顺便给我带点水上来！”刚吃完晚饭，我懒得下去洗饭盒了，干脆让同桌带点水上来冲一下吧！

小美抬头看我一眼，眼睛瞪得比脑袋还大，愤愤地说：“你自己是懒猪呀？不知道下来打吗！”看来还不大愿意，这点面子都不给，太，太那个了！

哼，我看她简直是吃了熊心豹子胆了，竟然敢骂我！如果不是嫌下楼太麻烦的话，我真想跳下去捏死她！于是我使出了撒手锏，威胁道：“你带不带？要知道你的作业本可在我手里，否则的话五马分尸，等老师检查的时候你就有的受了！”我看这家伙关不关心她的作业本的命运。

不一会儿，从窗户边探出一个小脑袋，嘿，我就知道是这个小萝卜。“大帅GG，不要生气，来，我送你一个大月亮！”小美端着一饭盒的水微笑地看着我，我被她奇怪的称呼一下子逗乐了，没办法，谁让小美的强项就是哄我开心呢！

话还没说完，“哗！”满满的一饭盒水从我头上直泼到了脚尖，小美嘟着小嘴：“我最讨厌别人叫我小萝卜头了，让你叫，让你叫！”

眼前的她就像是一只发怒的狮子，然后连续“砰砰”两声——我的饭盒摔在地上，教室门“砰”地关上——“不把你的臭饭盒洗了就别进来！不要弄脏了我的地方！”

这下我有点儿犯傻了，我就想不明白自己什么地方得罪这位同桌了，想来想去原来是刚才说了个小萝卜头！唉！如今得罪了同桌，日子有得受了，只得夹着尾巴混了。从此桌子上的书本得整理好，要不她就会帮我“放”到地上；饭盒得洗干净，要不去楼下捡饭盒挺麻烦的。

这个小美，为了维护自己的声誉，还在我面前极尽大女子主义，绝不准我提半个“小”字。

“美美，你的小书包真漂亮，哪里买的呀？”

只见小美发狠地瞪着我，我赶紧捂住嘴：“该死，该死，我忘记不可以在你面前说‘小’字了！”

小美的眼睛瞪得更大了：“你，你，你还说！”气得肺都快炸掉一样。我见势不妙，赶紧逃跑。否则我的虎背又将变成她的沙袋了。

蚊子“嗡嗡”地飞来飞去，“啪”，一只蚊子惨死在我的“如来佛掌”下，粘得我一手的血。小美可能正在思考一个难题吧，给我这震天动地的一拍把思路全给搅了，于是瞪着眼睛看着我，像要咬死我一样！俗话说：伸手不打笑脸人，我赶紧挤出几丝微笑对着小美刚要发过来的“降龙十八掌”：“嘿嘿，我消灭了一只小蚊子！”完了完了，小美这么大的规定我怎么一下子忘了呀，刚才我又不小心说出一个“小”字了。

奇怪，是小美没发觉吗？她竟然又拿起笔继续做习题了，我窃笑一下，算我今天好运，于是也打开书。正要做第一道习题，猛地一阵雨点似的拳头往我身上打过来：“我让你说那个字，我让你说那个字！”

“好了好了，我痛我痛，下次不敢，下次不敢！”赶紧投降，也许还能博得她的同情，如果逃跑的话她会变本加厉的。

打累了，她也终于停下了，我再怎么哄她也兀自不理会我了，这倒让我觉得轻松了不少，从此书又跑到了她那边，饭盒老是招来蚂蚁。

不料那天上午第二节课，政治老师竟也给我出了道难题：“阿发，你知道‘科学技术是第一生产力’的口号是谁提出来的吗？”

我很快地站起来：“是邓……是邓……”完了，下一个字，下一个字是“小”呀，看看旁边坐着的小萝卜头同桌，她正瞪眼看着我，我给生生地卡住了。

“老师，我不知道！”唉，急中生智，我干脆说不知道，没办法啊，与其得罪小萝卜头，还不如得罪老师。

“这都不知道？你看看书长点记性，把上次我讲的课堂笔记全部再抄一遍！”唉，抄笔记总要比挨小萝卜头同桌的拳头好呀，我松了口气！

“阿发哥，笔记我帮你抄好了，你真好！”这次算小美还有点良心。我拿过来，没好气地说声“谢谢”，然后生气似的理也不理这个大女权主义者。

“阿发哥哥，你就别生气啦，我帮你按摩好不好？上次打你痛不痛呀？”

“嘛，怪舒服的，快帮我按摩吧！我这会儿真的有点儿累了！”

“真贱，打你还舒服？不理你了！”然后她头发一甩一甩地走了，这女孩，刚才还眉开眼笑，才一句话，就……这叫我怎么去了解她的性格呀？

不过一笑就冰释前嫌了，整理书本和洗饭盒的日子是苦了点，我却隐隐感觉苦得开心。我还幻想着这位小萝卜头同桌就是我将来的女友，我的生活肯定过得很有规律很开心的。不行不行，她当我女友我肯定死定了，对，得改掉她的女权主义。

我静下来仔细想想，她到底是凭什么呀？没理由嘛！要我把“小”蚊子改成大蚊子，我就不再敢把蚊子当成小型动物了。讲故事里的“小人国”成了“娃娃国”，“小椅子”讲成“矮凳子”都不行，“矮”字也是她不允许的。我阿发可也是一个大男人哪，难道就这样臣服在一个小女子的粉拳下，这次说什么我也要反抗了，我要争取我的男权。

“你，把小书包拿开！”

“KAO，又拍死一只小苍蝇。”

“看我不收拾你，小蚊子！”

“小萝卜头，我讨厌和你同桌！”

……

真是大快人心呀，我说的每句话里都带有“小”字。小美先是气嘟嘟的，然后就用奇怪的眼神看着我：“阿发，你今天是怎么啦？”说完就用手来捏我的额头，“不会是发烧了吧？！”

我赶紧躲开：“喂，小萝卜，男女有别，你躲开点好不好？”

“哼，我有什么可怕的吗？反正我是小萝卜头，别人只会当你是我的大哥哥的。小妹只想知道你今天到底哪根神经不对！”然后团团把我脖子围住，抱得我紧紧的。我脸一阵一阵地热，这还得了。

“你走开，我没事！”我一把推开她。

“没事那你还乱说话？！”然后她就趴在桌上，占了一大半的桌子，理也不理我，怎么叫她都不理了，这家伙竟然“非暴力不合作”了。

“好美美，我再也不说那个大的反义词了，好不好？你就说句话嘛！”

“好美美，我帮你打掉手上那只好大好大的蚊子！”

“美美，你真漂亮！”

“美美，我也送给你一个大月亮，快看呀，快看呀，昭君姐姐都在这上面笑呢！”

“扑……”小美终于笑了，“白痴，月亮上的是嫦娥呀，哪是什么昭君呀！”我总算松了一口气，终于看到同桌像往日一样开心的笑脸了。

“唉，你笑了就好！”

“哼，以后你不许再说那个字，如果你还说的话，当心会死得很难看！”

不说了不说了，我哪还敢呢？什么男权，见鬼去吧，我不要了，我只要这个小萝卜头同桌不要死板着那张脸了。经过这次的大难不死，我可是自觉地永远跟“小”说再见了。

聊天室

女生生气的原因有好多种，不过有些生气完全是装出来的。而且如果男生不作出一点让步，那女生是绝不会善罢甘休的。所以作为男生，在与生相处的过程中应该学会“宰相肚里能撑船”。男子汉没必要与女孩争“上风”。